マギョー
チェル

ヘリー
ジェニファー
シルビア

魔境生活

～崖っぷち冒険者が引きこもるには広すぎる～

花黒子

ぶんか社

C O N T E N T S

【魔境生活のはじまり】

「ギョエエエエエ!!!!!」

遠くから怪鳥《かいちょう》の鳴き声がする。目の前には青々とした草木が生《お》い茂るジャングル。鬱蒼《うっそう》とした木々の隙間から、食獣植物が小動物を捕食している姿が見える。空を見ると巨大なコウモリが猿の赤ん坊を掴んで飛んでいく。地鳴りと共に木々が倒れる音。すぐそばを大型の猪《いのしし》が走り抜けていく。

ぼんやりしていると即座に死が待っている環境で、俺はひたすらぬかるんだ地面を走っていた。

なぜ、こうなってしまったのか。俺はこの魔境で暮らすことになった経緯を思い出していた。

農家の次男坊として生まれた俺が、世の理不尽について考え始めたのは早かった。

自然と家を継ぐ兄と違い、俺は子供の時分から村のオババに魔法や算学を習い、商人の手習いのようなこともしてみたが、どれもうまくいかなかった。

そのうち、一五歳になり、何も持たないまま家を追い出された。この時点で選択肢は限られていた。

兵士になるコネもなければ、学者になる頭もない。そんな俺のような人間は商人の丁稚《でっち》をしながら行商人を目指すか、冒険者になるかの二択だが、俺には一択だった。前人未到《ぜんじんみとう》の地や幻獣や魔獣を追い、自由に旅している者たちは、純粋にかっこよく、迷うことなく俺は冒険者を選んだ。

村から一番近い町で冒険者になり、すぐに現実を知った。彼らはほとんどが戦う技術もなく、自由とは程遠い、日雇いの労働者たちだったのだ。

たまに見かける高ランクの冒険者に憧れてみたりするも、俺では何をどうすれば強くなれるのかわからなかった。結局、細々と薬草採りや店の掃除の手伝いをこなしていた。

愛想《あいそ》よくしていると、徐々に客が増え、指名依頼も増えてきた。冒険者ギルドでの評判もいい。

だからといって、薬草採りや掃除を商売にできるほどの才覚はなかった。

現状を変えなければと思っても、少しお金が貯まれば武器より先に娼館《しょうかん》で使ってしまうありさま。

娼婦の「いつまで、この町にいるんだい？」という言葉に、言葉が詰まることもしばしばだった。

俺のような人間は冒険者を辞め商人ギルドや職人ギルドに入ればいい。だが、どちらも向いていないと確信があった。親方にボコボコにされて、追い出されるのがオチだろう。

そんな生活が続いたある日、俺はようやく一念発起《いちねんほっき》し、土地を買うことを目標にした。ところが三年間無駄遣《むだづか》いもせず貯めた金貨五枚を握りしめ、不動産屋に行くと、目をつけていた土地は売約済みになっていた。

他の土地を探すも、金貨五枚でいい土地なんかなかった。だんだん、自暴自棄《じぼうじき》になってきて、どうせだったら遠くの誰も俺を知らない土地に行きたい、と考えるに至った。

なんだったら、家すらなくてもいい。腐っても農家の息子だ。自分で家も畑も整えて、生活できるようにすればいいじゃないか、という気になってきた。

「いい所がある。ちょうど金貨五枚だ。しかも土地面積は広すぎるほど広い」

そう不動産屋に紹介されたのは、町からはるか遠く、山と崖と海に囲まれた森だった。

行くだけでも一苦労だし、ほとんどが前人未到の土地で、あまり情報もない。

「そこにする！」

このまま諦めて、町に定住して仕事らしいことを始めたとして、飽《あ》き性《しょう》の俺はすぐ辞めてしまうだろう。買える土地があるだけ幸運だったと思って、そこに決めた。

失うものが何もないのだから。

最低限の生活必需品と、開拓に必要なコンパスやロープ、鍬《くわ》、斧《おの》などの荷物をまとめた。

土地を開拓して、特産品となる物を町で売って、そして働いてくれる奴隷《どれい》を手に入れることを目標にする。俺は大きなリュックを背負って、旅に出た。

ほとんど町から出たことがなかったものの、いろいろあって野宿は慣れていたし、魔物への対処も冒険者ギルドの講習の通りにしていれば、一通りはこなせた。

旅に出て三日目。街道で王国の兵士たちとすれ違った。自分たちと逆方向に行く俺が珍しかったのか、兵士の一人が声をかけてきた。

「どこに行く？　この先は我々の訓練施設くらいしかないはずだが……」

「この先の土地を買ったんです」

「土地？　そこは我がエスティニア王国内の土地か？」

「ここなんですけど……」

俺が地図を見せて説明すると、兵士は驚いたように目を丸くした。

「ここは、ほとんど人が踏み入ったことがないような魔境《まきょう》じゃなかったか？」

「たぶん、そうです」

「前人未到の土地を買うとは冒険者の鑑《かがみ》だな。良かったら冒険者カードを見せてくれないか？」

冒険者カードというのは、冒険者ギルドに入ると渡されるカードのことで自分のランクを示すものだ。ランクが高くなればカードの素材や色も変わるのだが、俺は一度も変わったことがない。兵士は俺のカードを見て、何度か頷《うなず》き「夢を持つことは重要だよな」と肩を叩いてきた。

「自分の土地に行く前に施設の近くにある森に入るといい。少しはサバイバル術が身につくだろう」

そう言った兵士の顔は笑っていた。顔には出さなかったが、いつか見返してやる、と思った。

訓練施設の近くで野宿した俺は小さな頃から何度となく見ていた夢を見た。

それはどこか知らない土地で、鉄の箱に乗って移動したり、大きな建物のきれいな部屋で、絵が映る板を前に何かを調べている夢だった。夢の中では鉄のパイプから水がいくらでも出てくるような、とんでもなく水準の高い生活をしている。村のオババに話すと、「お前は前世の記憶がそのまま残っているのかもしれない。自分の夢をちゃんと覚えておけ。いずれ役に立つかもしれないから」と言っていたが、今のところ役に立ったためしがなかった。


翌日。言われた通り森に入った俺は、大きな熊の魔物・ワイルドベアがベスパホネットという巨大なハチの魔物と戦っているのを目にした。今の俺では勝ち目がなく、藪《やぶ》に身を潜めて観戦する。

疲労からか双方ともに動きが悪くなった。そのうちワイルドベアが振りかぶった鋭い爪が、ベスパホネットの胴体と頭を切り離して戦闘は終了。亡骸《なきがら》を放置しワイルドベアはよろよろと立ち去る。

俺は藪から出て、ベスパホネットの亡骸から、羽や複眼のレンズの他、体内に残っている魔石《ませき》を取り出す。

魔石は全ての魔物の中にあり、その魔物特有の性質がある。ベスパホネットの魔石は毒の効果があり、魔石で練られた魔力を使うことで、獲物を捕食したり、身を守ったりする。ちなみに人間が魔力を使う時は自然の中の魔素を集めて使うので、魔石が体内に入ってはない。ただ一〇〇年ほど前に戦争で負けてどこかへ行った『魔族』たちは、みな体内に特有の魔石を持っているのだとか。

亡骸の腹部には針がなかった。ワイルドベアに刺さっていたとしたら、今頃、苦しんでいるだろう。近くを回ってみるとワイルドベアが虫の息で倒れていた。ベスパホネットの針が脇腹に刺さっている。俺は斧でワイルドベアの頭をかち割り、ナイフで解体していく。魔物の解体は、肉屋での依頼の時に嫌というほどやったのでお手の物。毛皮と肉も手に入り幸先《さいさき》が良い。毛皮を軽く鞣《なめ》し、肉を持てるだけ持って、再び歩き始めた。

丸三日、歩き続け、ついに自分の土地に辿り着いた。目の前には目印の川があり、その向こう側が俺の土地だと地図が示している。

だが、その向こう側を見て俺は圧倒されていた。森というよりジャングルで、外から見ても普通ではない。緑の密度が濃く、シダ植物の葉も鋭い。さらに悲鳴のような魔物の鳴き声が断続的に聞こえてくる。明らかに生態系が違うとわかるが、ここで引き返すわけにもいかない。

「妖精とか精霊とかが出てきて、『あなたに素晴らしい才能を授けましょう』とか言わねぇかな」

不安からそんな妄想をして、ジャブジャブと川の中に入っていった。

「いって!?」

踏み出した脛《すね》を何かに噛《か》まれた。蹴り上げると、柔らかいクッションのような感触があり、川面《かわも》から透明の粘体の魔物・スライムが飛び出してきた。

岸辺に蹴り上げたスライムは口を開き、威嚇《いかく》してくる。そうして獲物に噛みついて魔力を吸収するのだが、本来スライムは一番弱い魔物の一種のはずなのに、先ほどの一噛みで、俺の魔力は一気に削られた。これ以上噛まれたら、魔力切れで気絶するだろう。魔境のスライムは一味違うらしい。

俺は距離を取り、持っている武器で一番長い鍬で攻撃した。スライムを打撃で倒そうと思ったら、身体《からだ》の中心にある核を攻撃するしかない。だが、何度振り下ろしても一向に攻撃は当たらない。逆に鍬の柄を噛まれボロボロにされてしまった。

「一応聞いておくけど、お前、スライムだよな!?」

このままでは、自分の土地に入ることさえままならない。何かないかと、リュックの中を探った俺は、ワイルドベアの毛皮を取り出し、スライムに向かって投げつけ、毛皮で覆い、押さえつけた。

このまま待っていればスライムは干《ひ》からびて死ぬはずだが、俺にそんな体力はない。

試しにナイフで毛皮もろとも突き刺した。毛皮の裂け目から噴き出してきた水が、俺の顔面を襲う。毛皮の下のスライムは勢い良く縮んでいき、最後に核の魔石だけを残し、消滅した。

ワイルドベアの毛皮を一枚無駄にしたことを考えると、あまりにも割に合わない。

それでも、ようやく俺は自分の土地に入ることができた。ただ、これでは前途多難すぎると戦いの最中にぶちまけられたリュックを見て思った。

ひとまず、岸辺に今日のキャンプ地を作ることに。植物の葉を屋根にしようと、探してみたら、いくつか手ごろな大きさの葉を見つけた。

地面から放射状に伸びている葉の根元を切ってみると、切り口から粘着性の強い液体が溢《あふ》れるように出てきた。寝てる時にネバネバな液体が天井から垂れてきたら最悪なのでこの葉は使えない。

夢で見た前世の記憶から勝手にヤシの葉と名付けることにした。

硬い葉をつついてみると、トラバサミのように勢いよく閉じた。不用意に触れると指ごとなくなってしまうだろう。オジギ草と名付けた。

茎を切ると溢れるように水が出てくる丸い葉はフキと名付ける。併せて見つけた蔓《つる》と共に利用することにした。魔境の植物は、他の地域と違って強力すぎるようだ。

日が陰《かげ》り、岸辺の砂利《じゃり》の上で火をおこす。枯れ枝を放り込んでいき、ワイルドベアの肉を炙《あぶ》っていると、不意に後ろから視線を感じた。振り返ると、緑色の目が草むらの陰からこちらを窺《うかが》っていた。明らかに獲物を狙うそれは、大型の肉食獣に思える。

もしかしたら、グリーンタイガーかもしれない。武器を持たずに出遭ったら生命《いのち》を諦めろと冒険者ギルドの講習会で教わる危険な猛獣だ。

ベスパホネットの毒針を炙っていたワイルドベアの肉に埋め込み、草むらに放り投げる。うまくいけば肉に食らいついて毒針で死んでくれるかもしれない。

俺は斧を構えて後退《あとずさ》り。程なくして黄緑色の体毛をした虎が姿を現した。

体長は三メートルほど。しなやかな動きでこちらに近づいてくる。グリーンタイガーは俺が放り投げた肉の臭いを嗅ぐも、すぐにこちらを向いて唸り声を上げた。新鮮な肉の方が好みか。

俺は咄嗟《とっさ》に、ヤシの根元を切りネバネバの樹液を垂らして、オジギ草がありそうな草むらに走った。

追いかけてきたグリーンタイガーに尻を噛みつかれると思った次の瞬間、ヤシの樹液で、足を取られたグリーンタイガーが前のめりで倒れた。

その隙に、オジギ草に触れないように草むらを進む。月明かりだけが頼りだ。近くでオジギ草が閉じる音が響く。獣の息遣いがすぐそばで聞こえている。

どうにか追いつかれる前に草むらを抜けると、小さな白い花が咲き乱れる花畑が広がっていた。

「ジャングルに花畑だなんて」

訝《いぶか》しく思いながら踏み入ろうとした次の瞬間、前方に腐敗した生物の死骸《しがい》が花に覆われているのが目に入った。

「ここはヤバイ!」

口と鼻を塞ぎ、草むらに戻る。だが、グリーンタイガーの足音はすぐそばまで迫っていた。

前方には死のお花畑、後方からはグリーンタイガー。進退窮《きわ》まった俺は慌てて木の上に避難した。

グリーンタイガーが花畑に現れた。月明かりに照らされた身体にはオジギ草に噛まれたであろう傷が、深くついている。周囲の草むらを睨み、明らかに俺を探していた。俺は口を手で覆い、音を立てないよう木の上で隠れる。

匂いを辿ろうと鼻を白い花に近づけた瞬間、グリーンタイガーの巨体がぐらりと揺れ、倒れた。

すぐにグリーンタイガーのいびきが聞こえてきた。このまま眠り続ければ死んでいくだろう。俺はほっと胸を撫《な》でおろし、木から下りて川岸へ戻る。小さな白い花はスイミン花と名付けた。

「はぁ……生き延びた……」

川岸に戻る途中、ヤシの葉を踏んでしまった。ベトベトした樹液が靴にこびりついたが、すぐに剥がれた。触ってみると固まってきている。ヤシの樹液がツルツルと手触りの良い素材に変わっていた。固まった樹液を斧で切りつけてみたが、まったく傷つかないほど硬い。

型を作って、樹液を流せば、良い道具が作れるかもしれない。

川岸に戻ると、カバンが荒らされていた。魔石も道具も無事だが、ワイルドベアの肉や食べ物は食い荒らされていた。グリーンタイガーに投げつけた毒針入りの肉も消えている。大きな物を引きずったような跡もあるので、他に魔物がいたようだ。

「ギョェエエ！」

ジャングルの中から雄叫《おたけ》びが聞こえる。荷物を持って川岸から離れ、再び火をおこす。斧を片手に周囲を警戒し、いつでも逃げられる体勢で座っていると急に睡魔が襲ってきた。

「スイミン花の影響か……」

頬をつねろうとするが、手が持ち上がらない。睡魔に抵抗できぬまま、俺は眠ってしまった。


目が覚めたのは、空が白み始めた頃だった。気づくと、すぐそばまでスライムがにじり寄っていたので、俺は起きながら斧で切りつけた。思いの外《ほか》素早く身体が動き、核にクリーンヒット。スライムは弾けるように水と欠けた魔石に変わった。どうして今日はスライムに攻撃が当たったのか。

不思議に思いつつ森を探索していると、すぐに理由はわかった。森の中で上半身が女のような身体で、下半身が大蛇という魔物・ラーミアが死んでいたのだ。口の中にベスパホネットの毒針が刺さっている。かなり強いはずだが、肉に仕込んでいた毒針で死んだようだ。

おそらくラーミアの経験値が俺に入ってレベルが上がり、楽にスライムを倒せたのだろう。魔物を倒せば、レベルが上がり身体能力が増強される。

スライムを倒せることがわかり、調子に乗って川に入りスライム狩りを始めた。これでさらにレベルが上がるだろう。

何体か倒した後、腹が鳴った。

「そういや、肉を焼いていて、食いそこねたんだったな」

食料はラーミアに食べられてしまっている。魔境に来て早々《そうそう》に食糧危機だ。

昨日のグリーンタイガーは食えるかな……。

スイミン花の花畑に行くと、グリーンタイガーは眠っていた。俺は口を布で覆いヤシの樹液で足元の花を固めてしまう。少しでも眠気が襲ってきたら退避することにして道を辿り、斧でグリーンタイガーの頭をかち割った。飛び散った血で周囲の白い花が赤く染まる。だが染まったのは一瞬で、スイミン花は花弁を閉じて血を吸収してしまった。

「怖《こわ》い！」

思わず声が出てしまったが、そこでふとグリーンタイガーが花弁に鼻を近づけた直後に倒れたことを思い出した。もし花粉に睡眠効果があるのなら、閉じている間にスイミン花を採取できそうだ。

グリーンタイガーの亡骸を花畑の外に引きずって解体して、血をスイミン花に含ませて花弁が閉じた瞬間にタイミングよく採取する。花を水と一緒に袋に入れて睡眠薬を作ってみることにした。

グリーンタイガーをも眠らせる睡眠薬なら、狩りに使えるかもしれないと思ったのだ。

川岸に帰りながら、頭の中にジャングルの地図を作っていく。形に残しておかないと、いざという時に不便そうだ。次に町へ行った時に紙と木炭を買おう。

キャンプ地に戻り、グリーンタイガーの肉をじっくり焼いてかぶりついた。かなり臭かったが背に腹は代えられない。

食後、探索を再開する。オジギ草を避けながら、少し魔境の奥に向かった。

「俺の土地なのだから、どこに何があるかくらいは知っておかなくちゃな」

探索していると、大木の根元に黄色い鳥の卵のようなキノコを発見した。下手に近づいて一発即死ということも考えられるので十分に距離を取って石を投げつけてみる。すると、傘から、シュッと胞子《ほうし》が噴出された。食べられそうにない。タマゴキノコと名付け、避けることに。

木の上には小さな緑色のネズミの魔物がチョコマカと走り回っている。進行方向で待っていると簡単に捕まえられた。樹洞《じゅどう》を寝床《ねどこ》にしていて、洞《ほら》の中に手を突っ込むと面白いように捕《と》れた。

フォレストラットと名付け、生け捕りにして実験に使うことに。まずはスイミン花を漬けた睡眠薬を嗅がせるとすぐに眠った。

次にタマゴキノコに投げつけてみると胞子を吸い込み、体を硬直させてひっくり返った。タマゴキノコは麻痺《まひ》薬のようだ。焼いて食べてみたが、葉っぱ臭く美味《おい》しくはない。

今日も川岸でキャンプだ。余っていたグリーンタイガーの肉と、フォレストラットが樹洞に溜め込んでいた木の葉も食べる。木の葉は不味《まず》かったが、体力が回復した。薬草の一種だろう。

食料が近くにあると襲われるかもしれない。少し離れた地面に穴を掘ってヤシの樹液で固め食料貯蔵庫を作った。穴を掘る時に使ったのは手ごろな棒と樹液を固めたスコップだ。

日も高かったので、ジャングルの中に落とし穴も作ってみる。

三時間ほど掘り続けて、グリーンタイガー一頭が丸々入るくらいの穴ができた。採ってきたスイミン花とタマゴキノコを穴の底に敷き詰めて、ヤシの葉で穴を覆い隠す。

ついでにオジギ草をトラバサミとして使うべく、根ごと採取して、食料貯蔵庫周辺に仕掛けた。

終わった頃には、辺りはすっかり暗くなっていた。今夜は火もおこさず、フォレストラットの食事である木の葉を食べて眠ることにする。

「もっと美味い肉が食いてぇ」

食料貯蔵庫から離れた所に、破れたワイルドベアの毛皮を敷き、眠った。途中何度も魔物の唸り声などに起こされたものの襲われることなく次の日を迎えた。


起きてすぐに食料貯蔵庫の周りを確認すると、深緑色の猿の魔物・エメラルドモンキーが傷だらけで倒れていた。オジギ草の罠にハマったようだ。斧で首を飛ばし、皮を剥いで解体する。胸の奥からエメラルド色の魔石が出てきた。魔石を袋に放り込むとじゃらじゃらと音が鳴った。

朝食にエメラルドモンキーの脇腹の肉を食べた。獣臭く身が硬い。骨や内臓などは川に放り投げると、スライムが一瞬で食べてくれた。一人暮らしをしていた時、ゴミのことで大家に怒られていたが魔境でゴミ問題は起こらないだろう。

「煩《わずら》わしい人間関係とも、おさらばだ」

森に仕掛けたオジギ草の罠を確認しに行く。罠の近くに鹿の魔物・ジビエディアが息も絶え絶えに倒れていた。どうやら脚を噛まれ立ち上がれなくなっているようだ。首を刎《は》ね一気に解体していく。余った内臓はオジギ草が勢い良く葉を閉じて平らげてしまった。

「魔境の植物は肉食なのか」

落とし穴の方を確認しに行くと、体躯《たいく》が通常の四倍ほどもある山のようにデカい猪が頭を落とし穴に突っ込んで、いびきをかいていた。後ろ脚の付け根を切ってみる。だが、一向に起きない。全ての脚を切り落として、数日分の食料が手に入ったが、未《いま》だいびきをかき続けているワイルドボアには負けた気がした。

首の付け根を切った際、少しだけ身体を震わせ絶命した。皮を剥ぐだけで、一日がかりになってしまった。腹を裂いた時から、内臓の臭いが辺り一帯に立ち込め、鳥たちが騒ぎ出した。腹の中には、蛇の魔物・ブルースネークや、ワイルドベアが消化されずに残っていた。

「肉食の魔物を捕食するワイルドボアってなんだ？　この魔境はどういう生態系なんだよ」

とりあえず牙や骨、皮など使える部位や肉を大量に得ることができた。何より、相当なレベルアップをしたようで、身体から力がみなぎってくる感覚があった。

だが、持ってきた鉄の斧もナイフもすっかり刃こぼれしている。これでは採取も戦闘もできない。試しにワイルドボアの骨を加工して片手剣風に加工してみた。程良く重みもあり、使いやすい。

解体を終え、再び落とし穴を作る。すると昨日より、素早く作ることができた。身体能力も上がり、作業手順も覚えたからだろう。肉を食べて力が湧いたのもあるかもしれない。

これが俺か？　と嬉しくなってしまう。うだつの上がらなかった俺が真人間への道を歩み始めている。

落とし穴を作り終え、泥と血にまみれていることに気がついた。どうせ誰も見ていないので、川で全裸になり汚れを落とすことにした。

「うわぁ～、気持ちいい！」

全身をくまなく洗っていたら、「うほっ！」という声が背後から聞こえた。振り返ると、木の陰に人影があった。身体が細く、汚れた鎧を着ている。女の冒険者だろうか。金髪碧眼《へきがん》で整った顔立ちをしているが、泥まみれだ。目の焦点も合っていない。

「な、何か用ですか？」

尋ねてみたが、彼女は何も言わず、ゆっくりとこちらに近づいてくるだけだ。汚れた女冒険者に襲われるのも悪くないかもとふざけたことを考えていたら、川からスライムが飛び出し女冒険者に噛み付いた。豪快に転んだ女冒険者の後頭部は血まみれで、背中の肉がむき出しになり骨が飛び出している。

「ゾンビか！」

俺は咄嗟に斧を掴んで、ゾンビに投げつけた。勢いよく回転した斧はゾンビの頭にザクッと直撃。ゾンビは仰向《あおむ》けに倒れ、そのまま動かなくなった。落ち着いてからゾンビの持ち物を探ると、この国では使われていない金貨が見つかった。

「古い物かな？」

金貨だけ回収して遺体をしっかり埋葬《まいそう》しておく。蘇った人間は怖い。

一夜明け、俺はワイルドボアの骨とヤシの樹液で作った斧を手にジャングルの奥へと向かった。家になるような場所を探したい。深いジャングルを切り進んでいく。

気づいたのだが、魔境のジャングルではどぎつい色をした葉やキノコよりも、見た目が普通の木の葉や、キノコの方が危険なことが多い。だが、それも根を狙えば問題ないことがわかった。

しばらく進むと、見上げるほどの崖があった。崖に沿って歩いていると、人が住んでいたと思われる洞窟を見つけた。入口に差さっていた松明《たいまつ》に火を灯《とも》して中に入る。

自然にできた壁や天井を使った居住空間になっていた。台所と居間、寝室がしっかり分かれており、ボロボロになった家具も置いてあった。

中を見て回っていると奥に人の白骨死体を発見した。頭蓋骨《ずがいこつ》から、男であることが推測できる。一瞬、昨日のゾンビのように動くかもしれないと、斧を構えたが、ちゃんと死んでいるようだ。白骨死体の手にはボロボロの革表紙の手帳。指の骨を外して手帳を見ると、この魔境にいる魔物たちや食べられる植物、毒草などについて書かれていた。

「この魔境で生きていくのに大事な情報だな」

めくっていくと日記が書かれている。手帳の表紙には「P・J」の頭文字。白骨死体となった男の物だろうか。

死体の前で手帳を読むのも憚《はばか》られたので、P・Jの死体を埋葬して、墓を建てた。黙とうをささげてから、再び、手帳を開き日記を読んでいく。どうやらP・Jはこの魔境を調査していたらしい。暗号のような幾何学《きかがく》模様の遺跡らしき図も描かれている。この魔境には遺跡があるのか。だとすると、ゾンビが持っていたあの古い金貨も遺跡から発掘した物かもしれない。「遺跡の護《まも》り人は何かと戦っていたようだ」とP・Jのメモ書きがあるが、具体的なことは書かれていない。

魔法陣のような模様も描かれているが、×印がしてある。危険な魔法陣なのだろうか。

隣に書かれていた「力も魔力も通用しない遺跡」「時空魔法の習得が必須。魔法の本などに書かれた常識は通用しない」「古代の魔法陣は、現代のはるか先を行っている」など興奮しているとわかる文字が躍っている。

もう一つ気になるのは、この魔境で三ヶ月ごとに現れる『巨大魔獣』の存在だ。一体、現れると何が起こるというのだろうか。具体的な容姿や形態は何も書かれていない。

最後のページには、こう記されていた。

「この魔境の謎が解けなかったことだけが、心残りだ……」

死期を悟り、調査を諦めたような言葉だ。倉庫には見たこともない金属でできたナイフや鎧、弓矢など武具も多い。あの白骨死体はとんでもなく強い人物だったことが推測できる。そんな彼がどうして死んでしまったのか。

P・Jのことも気になるが、まずはこの洞窟を発見したことを喜ぶべきだ。洞窟周辺は木々が生い茂っていて、小さい魔物はいたが、大型の魔獣はうろついてはいないようだ。白骨になるくらいなので、ここら辺は、あんまり魔物には荒らされない場所なのかもしれない。

そうとわかれば、ここを拠点に畑を作って、生活ができるだろう。

「いずれ、立派な土地にできるかも……、夢は広がるなぁ……」

洞窟から出て、一度川岸に戻り、ワイルドボアの毛皮や肉を洞窟の寝室や貯蔵庫に運び込む。

綺麗な星空の下、魔境に入って初めて衣食住が揃った安心感でたっぷり寝てしまった。

翌日、洞窟の近場にある太い木に斧を叩き込んだ俺は、二振りでメキメキメキメキッと木が倒れてしまったことに驚いていた。一体いつの間に、ここまで腕力がついたのか。身体能力が急激に上がって、自分の思ったようにうまく力を使いこなせない。

洞窟にあった鎧を装備し、魔境の奥へと向かう。気分良く歩いていると、背中から突然衝撃を受けて吹っ飛ばされた。しばしの浮遊感と共に天地が何度も逆転する。咄嗟に背中を丸めて衝撃に備えた瞬間、沼の岸辺に墜落し、そのまま水切りのように何度かバウンドして、泥濘《ぬかるみ》に頭から突っ込んで止まった。沼に休んでいたスイマーズバードが驚いて飛び去るのが聞こえる。

「げほっ……なんだ⁉」

首を引き抜いて新鮮な空気を吸い込み。顔の泥を拭いながら振り返った俺は、そこにいたデカい亀の魔物に目を見開いた。見たことのない種だ。数メートルの体高があり、歩くだけで大木が折れ、大きさが俺の二倍以上ある岩が粉々に踏み潰されていく。

あんなものに勝てるわけがない。逃げなければ……と思った時、ふと身体に怪我《けが》がないことに気づいた。鎧は砕けてしまっているが、その破片は砂のようになって消えた。衝撃を吸収する魔法が付与されていたのかもしれない。

ともかく身体は動くので全力で逃げようと思い、周りを見回すと、デカい亀が何匹も沼の深い所から顔を出し、こちらを窺っているのに気づいた。

「囲まれてる⁉」

これはまずいと思った時。俺を吹き飛ばしたやつが首を伸ばし、鞭のように水面を叩いた。盛大な水しぶきが上がり水の中の魚たちが宙を舞う。魚を口で受け止めた亀たちは、メキャメキャと音を立てながらひと呑みにしてしまった。

呆然とその様子を見ていた俺に、大きな影が重なる。水に反射して見えたのは、今にも振り下ろされようとしている巨大な亀の首だった。逃げようにも、泥濘に足を取られている。咄嗟に頭を守るように腕で防御。すさまじい衝撃があり、俺は緩い泥に膝まで埋まったが、耐えられぬほどの衝撃ではなかった。

「……ん？」

普通ならぺしゃんこに潰されていてもおかしくないはずなのに、怪我するどころか腕で受け止められてしまった。亀たちもこちらを見て、頭に「?」を作っている。再び、亀が首を長く伸ばし、振り下ろした。今度は埋まりもしなかった。

今度は衝撃に合わせて、こちらも押し返す。レベルアップのおかげか、こいつらの攻撃は俺には効かないようだ。完全に調子に乗った俺は亀たちに向けて、挑戦的に叫んだ。

「おらぁ！　かかってこんかいっ！　こ……ぶべっ！」

死角から亀が突進してきて、吹っ飛ばされた。再び宙を舞ったが、今度は冷静に着地点を見定められ、膝のバネを利用して軽々着地した。

亀たちは、驚いたように目を見開き、鼻息を吐き出した。

俺は雄叫びを上げながら亀の群れに突っ込んでいった。顔だけ出しているやつは、水深の深い所に逃げ、浅瀬にいるやつは甲羅の中に引っ込んだ。試しに甲羅を殴ってみたものの、ヒビすら入らなかった。倒せはしなかったが、ひとまず追い返すことには成功した。

洞窟に帰り、濡れた服を洗濯する。乾くのを待ちながら、P・Jの手帳を読むと、あの亀はヘイズタートルという種で、魔境の中でも激弱の部類であることがわかった。捕まえてしまえば、ペットとするのも可能だという。

昼飯に焼いた肉を齧《かじ》りながら思ったが、そろそろ野菜が欲しい。ところが魔境には毒草やこちらを食べようとしてくる植物も多く、まともに食べられる植物は探したり採取するのが一苦労だ。安全を取るなら、買いに行くしかないだろう。

近くの町まで行くにしても魔境を出るまでに三日、さらに丸一日かけてようやく軍の訓練施設に辿り着くはずだ。往復で一〇日ほど見ておいた方がいい。訓練施設で物々《ぶつぶつ》交換ができればいいのだが、交換に応じてくれるかどうか。

未だ特産品はないが、肉や魔石ならかなりの量が集まっている。これを元手に、野菜の種と当面の小麦などを買っておきたい。

「遠出《とおで》をするんだ。行き当たりばったりじゃなく、もう少し考えて行動をした方がいいな」

買い物だけじゃなく、これからは探索計画も立てなければならない。考えをまとめるのに紙と木炭が必要だ。それに地図を描かないと魔境の奥の方まで行けない。

燻製《くんせい》肉をカバンに詰めて、洞窟を出発した。

道中、特に魔物に出遭うこともなく、川に入ってもスライムは襲ってこなかった。俺の匂いを覚えたのかもしれない。

休み休み歩いていたにも関わらず、日が沈む頃には森を出る道に着いてしまった。三日かかると思っていた道程が半日になってしまったことに驚く。その日は、樹の枝や葉っぱを組んだ簡易テントに入り、焚き火で暖まっていたら眠ってしまった。


翌朝、遠くで金属同士がぶつかるような音が聞こえてきた。リュックを背負い、音がする方へと向かう。近づくにつれ、緊迫している様子が伝わってくる。どうやら魔物と誰かが交戦中のようだ。

様子を窺うと、兵士たちがワイルドベアの親子に襲われていた。魔法まで使って戦っているが、爪の攻撃や分厚い毛に阻まれ、一向に戦況が好転しない。おそらく訓練施設の兵士たちだろう。近所付き合いとして助けておくか、と俺はその場にリュックを置いてワイルドベアの前に飛び出した。

ワイルドベアが驚いているうちに、子の首を斧で切り飛ばす。盛大な血しぶきが舞う中、親のワイルドベアが雄叫びを上げた。以前なら怯《ひる》むところだが、魔境生活をしている俺にとっては強敵とは思えない。動きが読みやすいし、植物が横槍を入れてくることもない。

雄叫びを上げて無防備な頭をかち割ってやると、巨体が音を立ててその場に倒れた。

「こんにちは。訓練施設の方ですか？」

尻もちをついている兵士に尋ねると、ぽかんとしていた兵士は我に返り答えた。

「そうです。あなたは？」

「この近くに住んでいる者です。野菜の種や小麦はありませんか？」

「え？　はい。施設に戻れば」

「本当ですか。魔物の肉や魔石と交換してほしいんですが」

「構いませんけど……、そのワイルドベアはどうするんですか？」

「あ、肉は欲しければどうぞ。魔石はもらっておきます」

俺はワイルドベアの死体から、魔石を回収し、自分の荷物を取りに行く。兵士たちはワイルドベアの肩の肉と手の肉を回収し、後は地面に埋めるようだ。

兵士たちに案内されて訓練施設へと向かった。一口に訓練施設と言っても、小さな集落になっていて、体育場や闘技場のほか、付近には畑もあった。

畑の横の道を歩いていると兵士が急に立ち止まった。

「隊長！　物品の交換をしたいという方がお越しです！」

兵士は畑で作業をしているおじさんに向かって敬礼をした。手ぬぐいで汗を拭きながら畑仕事をしてるのが、隊長なのか。農家の息子としては親近感がある。

「やあ、こんにちは。こんな辺境の地で何をしておられるのかな？」

「この先の魔境に住んでまして、肉が余ったので良かったら野菜や小麦粉と交換できないかと思ったんですが、いかがですか？」

「魔境に住んでおられるとは、豪気な方だ。冒険者さんですか？」

「ええ、そうです」

俺は隊長に冒険者カードを見せた。

「そんなランクで大丈夫ですか⁉ 魔境って森の向こうですよね？」

「なんとか生きてますよ」

「そうですか。とりあえず、物を見せてもらいましょう。どうぞ、こちらへ」

隊長はそう言うと、山小屋のような建物に案内してくれた。小屋は食料や備品の倉庫になっているようで、隊長は兵站《へいたん》を管理する隊の隊長だという。リュックから肉や魔石を取り出して見せると、

「ほう！ なかなかのものですな！」と、隊長は無精髭《ぶしょうひげ》が生えた顎を撫でた。

「野菜と小麦粉。それに野菜の種と交換してほしいのですが」

「しかし、それではあまりにもあなたが損をしている。他に何か欲しい物はありませんか？」

「安物でいいので紙と木炭があれば、助かります。他は大体足りているので」

そう言うと、隊長は棚にあった紙と木炭をあるだけ渡してくれた。

「本当にこれだけでいいんですか？」

「ええ、とりあえずは……」

「では、今後ともどうぞよろしくお願いします。もし欲しい物があれば、二週間に一度の定期便で

届けさせますので、なんなりとお申し付けください。それではまた、二週間後に」

帰りは荷物も軽くなり、早く畑に種を蒔きたいという思いから自然と足早になってしまう。昼頃には魔境に到着し、川を渡ろうとすると、スライムが飛びかかってきた。飼い犬の甘噛みに似ているな、と思いながら揉んでやると川に逃げ戻っていた。

ギリギリ日が沈む前には、我が家の洞窟に帰ってこられた。

「ただいま～！」

誰が出迎えてくれるわけでもないが俺は声を上げて洞窟に入っていった。

【侵入者は追放者で入植者？】

翌朝目覚めると、朝靄《あさもや》が沼一帯を覆っていた。沼で顔を洗って畑作りへ向かう。

畑の場所は沼のそばに決めていた。まずは触れれば手が切れるほど鋭い、カミソリ草と名付けた雑草を根元から刈る。土には鳥の糞《ふん》や骨もかなり混ざっているが、腐葉土と共に混ぜ肥料にした。

種を蒔いてから、オジギ草の罠も仕掛けておく。太陽が高く昇り、全身から汗が噴き出してきた。

作業が一段落したら昼飯。メニューは肉野菜炒め。肉の脂《あぶら》と野菜の焼ける香りが食欲を刺激した。

「はふっ、はふっ！　うんまっ！　最高！」

一気にかき込んだので火傷《やけど》しそうになったが、野菜が美味い。

飯の後は魔物の骨を加工して釣り針を作ってみる。沼の畔《ほとり》で作業をしていると、ヘイズタートルが邪魔をしてきた。殴って追い返したり、突撃を躱《かわ》したりしているうちにヘイズタートルが岩に当たってひっくり返った。こうなってしまうと、ただの肉だ。

ヘイズタートルの伸ばした首を斧で切断。首から濁流のような血が噴き出し、沼に流れていく。すぐに血の匂いを感じ取った肉食の魚がピチャピチャと音を立てて集まってきた。

水面を落ちていた木片で叩くと、面白いように魚が獲れた。岸に向けて魚を放り投げていたら突然、高波が押し寄せてきた。沼の中心の方を見ると巨大な蛇がこちらに向かって泳いでくる。

「な、なんだあれは⁉」

急いで離れた木に登って、P・Jの手帳を確認。キングアナコンダと呼ばれる魔物だそうだ。キングアナコンダはヘイズタートルを丸呑みにしようとしたが、サイズ的にどう考えても無理がある。それでも三〇分ほどかけて、身体を半分ほど呑み込んでしまった。

キングアナコンダがあまりに油断していたので、俺は木から下りて、斧で頭をかち割ろうとした。ところが、鱗が硬く、斧が弾かれてしまう。キングアナコンダの眼が俺を睨みつける。その眼球は柔らかそうだ。俺は削った木の枝を手に取り、脳に達するほど深く打ち込んでやった。しばらく暴れまわった後、力尽き動かなくなった。

「どうやって解体しようか」

どちらも巨大で、しかも斧が通らないほど硬い甲羅や鱗を持っている。悩んでいるうちに日が沈んでしまった。

仕方がないので、篝火《かがりび》を焚いて夜通し解体することになった。キングアナコンダは鱗の隙間に杭を打ち込み、徐々に身体を裂いていく。ヘイズタートルは、四肢を切り落として、甲羅の中身をほじくり出す。内臓や血は沼に流した。カブトムシの魔物であるヘルビートルや、蛾の魔物・ビッグモスなどが流れた血を吸いにやってきていたが、相手にしていられない。

沼から水を汲み、切り出した甲羅や蛇皮を洗う。いろいろと使えそうだが、とりあえず、P・Jの武具を参考に胸当てでも作ってみるか。

肉を味見したがヘイズタートルは非常に美味だった。キングアナコンダは味が淡白で、噛み切るのにかなり時間がかかった。家まで何往復もして、肉を運び、燻製にしておく。魔石はどちらも大きかったが、あまり使い道がないので、交易品に回そう。

ヘイズタートルの肉を水を張った鍋に入れて蓋をし、かまどの火をかけていると、いつの間にか夜が明けていた。スープができるまで待っていようとベッドに座った途端、一気に睡魔が襲ってきて、意識を失った。

夕方近くになって、とんでもなくいい匂いがして目が覚めた。鍋の蓋を開けるとトロトロの黄金色に輝く亀汁ができあがっていた。塩味だけだったが、信じられないくらい美味い。起き抜けの身体と頭がスッキリ。疲労感がさっぱりなくなった。

昨夜、魔物を解体した場所に行ってみると、昆虫系の魔物が大発生していた。ヘルビートルやビッグモスはもちろんのこと、見たことがないサイズのベスパホネットや、キラキラしたタマムシの魔物などが血に群がっている。

昆虫系の魔物は、腹と胸の隙間や頭部など脆《もろ》い部分がわかっているので、問題なく殲滅《せんめつ》できた。魔石を回収して、後は沼に放り投げる。死体は魚たちが処理してくれるだろう。

そうこうしているうちに日が沈む。まったく眠たくはない。昼夜逆転の生活になってしまった。

することもないのでP・Jの手帳を読む。キングアナコンダの革について書かれているのを見つけた。ほとんど魔法を通さない性質で防御に適しているようだ。

鞣した革で、形の悪い胸当てを作ってみたが、あまりの出来の悪さに自分で作ることを諦めた。

牙は硬いが弾力性があるので、研いでサーベルにしてみた。不格好ではあるが、樹の枝や虫の魔物程度なら、余裕で斬れる。扱いやすいので、これからは斧ではなく、これで魔物を倒していこう。

「ギョェエエエ！」

遠くから、魔物の叫び声が聞こえる。魔境では珍しくない声だが、未だに正体を俺は知らないが、レベルも上がった今なら、突き止められるかもしれない。

甘い期待を胸に、まだ日も昇らぬ魔境の森をかき分けるように潜っていく。

が、数分で道を見失った。日頃どれだけ目に頼って生きているのかがよくわかる。五感を研ぎ澄まし、不意にやってくる魔物の攻撃に備えてみたが、かなり体力を消耗する。

わずかな波の音がする沼地の方から、ぼそぼそと人の話し声のようなものが聞こえてきた。

現在の魔境の世帯主は俺なのだから、もし不法侵入者なら追い出さなければならない。

「すいませーん！　あの～……」

森から飛び出た俺は月光の下で踊っている影を見つけた。上半身が人間の女で下半身が大蛇という魔物・ラーミアの群れだった。目を合わせると石化される凶悪な魔物だ。

俺に気づいたラーミアたちは臨戦態勢を取る。

「しゃ～お～。うおるるる～」

目を見ないよう目線は地面の影に落とす。月明かりがある夜で良かった。襲いかかってくるラーミアの尻尾をサーベルで切り落とし、心臓や首があると思われる所を突いていく。

ブッシャア！

血が噴き出る音を聞きながら距離を取り、襲いかかってくるのをひたすら待つ。焦《じ》れて、目線を上げでもしたら石にされてしまう。

動かない俺にしびれを切らしたラーミアたちは一斉に襲いかかってきた。なりふり構わず、迫る影の方向へ乱れ突きを繰り出す。八匹を倒したあたりで、敵の数を数《かぞ》えてなかったことを後悔した。

もう襲いかかってくる気配がしなかったが、ここで目線を上げて石化されたら一巻の終わりだ。俺には石化を治してくれる仲間がいない。

一旦、森へと走り、草むらに隠れようとすると、一匹のラーミアが追ってきていた。振り向き、サーベルを一閃《いっせん》して首を飛ばした。

仲間が寄ってくるのを警戒してしばらく草むらに隠れる。

空が明るくなってから家に帰った。神経を使ったからか、帰ったらすぐ寝てしまった。


昼頃、もそもそと起き出して畑の様子を見に行くと、罠として仕掛けていたオジギ草がデカくなりすぎていた。オジギ草の畑ではないのだけど。オジギ草に守られてるおかげか、野菜が双葉に成長している。

昨夜のラーミアの死体を見に行ってみると、鳥の魔物のデスコンドルや牛サイズの亜竜の魔物であるコドモドラゴンが肉を漁っていた。

どちらも不意を突き、難なくサーベルで倒す。

解体していると、連日の酷使のせいかナイフが欠けてしまった。とりあえず、ラーミアの分の魔石も含めて回収し、家に帰った。

新しいナイフはヤシの樹脂で作ることにした。明日になればナイフができあがっているはずだ。

飯の支度をしながら、仲間の必要性について考えていた。昨夜のラーミアとの戦闘でも感じたことだが、戦いのサポートだけでなく、採取や道具作り、食事の支度などを一人でこなすと、すぐに日が暮れてしまう。仲間がいれば作業の分担もできるだろう。


夜明けと共に沼の反対側へ。いつ何時、強面《こわもて》の冒険者が勝手に住みついて土地を奪われるかわからないので、だいたいどこまでが自分の土地か知っておく必要がある。

地図を作るため、リュックには紙と木炭。不動産屋の話では魔境に入ったあの川から全て俺の土地ということになっているはずだが、ちょっと広すぎる。

丘を登ると、広大な森が見通せた。遠くに山脈が見える。

とりあえず、山脈に向けて歩いていってみることに。周囲に注意しながら歩いていると、見たこともないような果実をつけた木がいくつもあった。近づくと果実が割れて鋭い牙で噛み付いてきた。切り落として収穫。枝から離れてもしばらく噛み付こうとするので蔓で縛った。カム実と名付けた。他にも大きな花弁を持つ花も噛み付いてきた。夢の記憶に近い物からラフレシアと名付けた。

二足歩行のトカゲの魔物もいた。夢で恐竜と呼ばれていた生物に似ている。P・Jの手帳ではマエアシツカワズと命名されている。「前足を使わないで歩行するお調子者」と説明書きがされてあったが、P・Jのセンスはどうかと思った。噛み付いてきたので、サーベルで首を一突きして討伐。

爪や魔石は回収していると、ふよふよと小さい魔物が寄ってきた。身体は人間っぽいが羽が生えていて顔がおじさんだ。近くに寄ってきて、余った肉を見つけると、叫び声を上げた。

「ギョエエエエ！」

魔境初日から何度となく聞いていた声だ。てっきり怪鳥だったと思っていたが、まさかこんな小さいおっさん妖精から発せられた声だったとは。まったく怖くなくなってしまった。叫び声で仲間が集まってきて、余った肉を持っていこうとしていた。

日が沈み始めたので家に帰ることにした。全然、山脈まで辿り着けなかった。

「調査には時間かかりそうだなぁ」

家でフォレストラットにカム実を食べさせてみると、むさぼるように食べていた。好物なのかもしれない。俺も食べたが、甘くて酸っぱい普通の果実と変わらなかった。


次の日も、夜が明ける前に起き出す。洞窟内に満ちる異様な臭いに思わず顔をしかめる。いろんな肉を確保しすぎたせいだ。傷んだ肉は全て沼に捨て、まだ新鮮な肉は風通しのいい場所に吊るしてハムにする。ハムならば交換材料になるだろう。だが、塩が殆どなくなってしまった。

「軍の訓練施設で塩も頼んどくんだったな」

岩塩を探すか、もしくは、海に行って調達するか。山脈など目指している場合ではなかった。

空が白み始めた頃、再び沼の向こうの丘に登った。周囲の森を見て、木々の切れ目を探す。切れ目にはきっと川があり、川を下っていけば海に出るはずだ。憶測ばかりで心もとなかったが、木々の切れ目の所に行ってみると小川があった。小川を下っていくと大きな川に合流できた。

今日は新しい植物や魔物は無視して、塩の確保を優先しよう。

川の流れはかなりゆっくりで、蛇行しながら東へと続いていく。日の光が魔境の木々に当たって、地面に木漏れ日を作っていた。一時間ほど走ったが、疲れはほとんどなかった。さらに速度を上げ、左手に川の音を聞きながら森の中を走り抜ける。

途中ワイルドベアの亜種に襲われたが、走りながら首を切り飛ばした。昼食分の肉と、魔石だけ回収して、後はその場に捨て置く。そのうち魔境の植物が食べてくれるだろう。

森を走り続けていると、急に地面がなくなった。停止して下を見れば切り立った崖。崖の下にも、森が広がっている。そのさらに向こうの地平線に、きらめくものが見えた。

「海か？」

少しだけ潮の香りがするような気がした。飛び降りられないほどではなかったが、大事を取って木に蔓を巻きつけて降りていく。帰りは蔓を掴んで登ればいい。

一休みしてから、全速力で走り、丘を二つ越える。もしかして潮の香りは、気のせいだったか、と思った矢先。森が急に切れ、草原に出た。

草原の先には海原《うなばら》が見える。砂浜まで走り、水を手に取り少し舐めると、ちゃんと塩辛かった。昼はとっくに過ぎていた。走りに集中しすぎていて、時間が経つのも忘れてしまったようだ。

砂浜に落ちていた流木を薪《たきぎ》にして、ワイルドベアの肉を焼き、海を見ながら昼飯。ようやく、土地の東端に辿り着いたのだという満足感があった。

「魔境にも終わりがあるんだな」

海沿いを南下すれば、漁村や街があるかもしれないが、今はいいか。肉にかぶりついていると、海から何かが流れ着いているのが見えた。

「ん……？　なんだ？」

近づいてみると、人の形をしていた。死体かと思ったが、わずかに胸が上下している。浜辺に引き上げて上を向かせ、その造作《ぞうさく》に息を呑んだ。額には角が二本生え、首筋には鱗があったのだ。

「まさか、魔族？」

はるか昔の戦争に負けて、どこかに消えたはずの魔物そのものだ。着ている黒いローブは水を吸っていたので、脱がせて火のそばで寝かせてやる。身体じゅう傷だらけで顔色も悪いが、何も持ってきていないので手当てもできない。とりあえず水で身体を洗ってその場に置いておくことにした。

布切れで胸部と下半身が隠れていたが、胸は大きく下半身に男であればあるはずの膨らみはない。

「女か。困ったことになった」

正直、この闖入者《ちんにゅうしゃ》をどうすればいいのかわからない。できれば、すぐにでも立ち去ってほしいが、まったく起きそうにない。俺もやるだけやってダメなら気持ち的に整理できる。

「よし！」

俺は思い立ち、森に入った。フォレストラットの食べている葉っぱはめちゃくちゃ不味いが、体力を回復する効果がある。それを使えば、意識が戻るかもしれない。できれば、その葉を探している間に海の魔物に食べられでもしてくれたら、「俺にはどうしようもなかったな」と精神衛生が保てるというものだが、期待とは裏腹に、森に入ってすぐに葉っぱは見つかった。

夕方近くに、両手いっぱいの葉っぱを持って、砂浜に戻ってみたが、魔族は無事だった。安らかに眠る魔族にすり潰した葉っぱを塗りこんでいく。足を持ち上げたり、身体を裏返しにしたりしているのだから、いい加減起きてくれないいものだろうか。

ともかく俺にできることはやったので、当初の目的だった塩を作ることにした。海水を汲み、鍋で煮て水分を飛ばす。紐を垂らして塩の結晶を作ったりするのは家でもできるので、砂が混じろうが小さい貝やカニが混ざろうが、とにかく水分を飛ばしていくことに専念する。

日が暮れる頃、小壺《こつぼ》半分ほどの塩が採れた。まだ全然足りない。

ひとまず、今日は砂浜でキャンプだ。いい加減魔族も起きただろうと思ったが、まだ寝てやがる。ただ、寝返りを打ったりしているところを見ると、もう起きていてこちらの様子を探っているのかもしれない。まあ、腹が減れば、起きるだろう。

魔族は放っておいて、カニの魔物・ギザクラブを焼く。小型犬ほどの大きさで、甲羅は硬かったが、関節を狙うと、簡単に切り落とせた。甲羅を剥ぐとたっぷりカニ味噌が詰まっている。青かった甲羅が赤くなり、グツグツと味噌が煮え始めると、辺りにはいい香りが漂う。味噌を掬《すく》って、口に入れると、濃厚なうま味が口いっぱいに広がった。

「うまい！」

そのまま夢中で頬張る。カニを食べる時、なぜか人は集中してしまうものだ。隣にヨダレを垂らした魔族が近づいてくることに、まったく気づかなかった。驚いて飛び退《の》いたが、「食うか？」と尋ねると、何度も頷いた。食べ終わると、女魔族は乾いたローブを着て、何か喋りかけてきた。が、言語が違うので、何を喋ってるかわからない。とりあえず意思疎通をするべく「ここは魔境だ」と何度も言っていると、俺の名前が「マキョー」になってしまった。訂正するのも面倒なのでマキョーと名乗ることにした。

魔族は、自分を指して「チェル」と名乗った。チェルは手をぐるぐる回して土下座をしているが、何を伝えたいのかわからない。砂浜に絵を描いてみせると、向こうも絵で伝えてきた。

どうやら魔族の国で争いがあったらしく、自分は逃げてきたのだ、と言いたいらしい。哀れな身の上だが、ここは人族の国なので帰ってくれ、と説明したが、チェルはきょとんとしている。

仕方がないので、放っておいて自分のやることをやっておく。海水を鍋に入れ塩を作っていると、チェルは協力のつもりか、魔法で一気に鍋を熱し塩を焦がした。

「焦がすな！」

俺がそう言うと、今度はちゃんと威力を調節してくれた。

見たところ魔法使いっぽいので、もしこのまま魔境に居座るつもりなら、家賃代わりに魔法を教えてもらえないかと考えた。魔法はどんなものができるのか聞いてみようと、生活魔法の一種である水の玉を出す魔法を使ってみせる。すると、チェルは巨大な水の玉を作ってみせた。

魔族だからなのか、魔力量がすさまじい。どうやってやるのか聞いてみたが、「グォオオオ！」だとか「スーッポン」とか要領を得ない言葉が返ってきただけだ。

日が暮れて、「俺はもう寝る」と伝えると、勝手に火の番を始めた。やりたいと言っているのだから好きにさせた。目をつぶってしばらくすると「グスッ」という泣き声を聞いた気がした。祖国を離れて漂流してきたのだから、泣きたくもなるのだろう。俺は聞かなかったことにして、眠った。

翌朝。目が覚めるといびきをかいて眠るチェルに抱きつかれていた。火の番はどうしたんだ……とも思ったが、きっと疲れているのだろう。絡んだ腕を外し、海水で顔を洗った。頬にできた小さな切り傷に海水が沁《し》みてヒリヒリする。

小壺を覗くとぎっしり塩が詰まっていた。言葉がわからなくても、やはり二人いれば作業効率が増す。ただ、魔族を匿《かくま》っていることがバレたら、逮捕されるだろう。

朝飯のギザクラブのハサミをへし折りながら考えていると、チェルが起き出した。

「マキョー!」

挨拶代わりに俺の名前を呼ぶ。つぶらな瞳からは噂で聞いているような魔族の脅威を感じない。そのうち船でも造って送り返すか。今は一旦、家まで連れていくか。

「来いよ」

付いてくるように指示を出して一緒に森に入った。チェルはあらゆるものが珍しいのかなんにでも興味を示した。途中、カム実に噛まれて、血を出していたが、魔法を使って治している。

「回復魔法は便利だよな。チェル、意外に使える奴なのか?」

「ンア?」

アホの子のように口を開いているチェルに女性らしさはない。おまけに体力もなく、少し速く歩いただけで、死ぬほど疲れたという顔をしてくる。

川沿いを歩いていた時、油断したチェルにスライムが飛びかかり、魔力を吸い取ってしまった。スライムを瞬殺して助け、魔力回復を待つ間、俺はその辺の魔物を狩ることにした。

ところが少し離れてマエアシツカワズを狩っていた時、悲鳴が聞こえたので戻ってみると、チェルは、またもスライムに襲われていた。使える奴かも、と思った俺の気持ちを返してほしい。

完全に魔力切れを起こし、気絶したチェルを背負って走る。初めからこうすれば良かったのだ。蔓で降りた崖の麓《ふもと》まで辿り着いたのは昼前だった。このまま帰りたかったのだが、あまりに足手まといなのでチェルのレベル上げをしようと思い立った。

フォレストラットすら捕まえられないチェルに、何度も「死ぬぞ」と言い聞かせ、魔法を使うタイミングを教えて、日が落ちる寸前に、ようやく俺が弱らせたエメラルドモンキーを一体倒せた。それでホクホク顔なのがムカつく。

「もっと頑張れよ」

「ガンバレヨ？」

いつまでもお守《も》りをしているのは、割に合わないので、やっぱり魔法を教えてもらうことにした。

言葉はお互いにわからないから、両手を合わせて魔力の流れを感じる修行をした。手を合わせると、何かがチェルの手から流れ込んできて、俺の中の何かがチェルの手に流れていくのがわかった。

これが魔力なのだという。他人の魔力ってこんな感じなのか。

「なんか違和感がすごい……」

俺の魔力を受け取ったチェルは納得いかないと半泣きで喚きながら、地面の石を蹴った。その石がラフレシアに当たって、臭い粘液をかけられていた。ドジ丸出し。

「アア……ア……」

「うえ～、川で洗ってこいよ」

晩飯の時に何を怒っていたのか聞いてみると、俺の魔力が多いくせに魔法を使わないのは馬鹿げているらしい。レベルアップのおかげだろうが、戦闘に魔法は使わないから気にしていなかった。

「生活魔法くらいは使うぞ」

そう言って、指の先から火花を出してみたが、「ハァ～」とため息を吐かれた。チェルは何度も頭を指し、魔法はイメージなのだと伝えてくる。

「そうは言ったって、魔法で裸の女は作れないしなぁ」

言葉が通じないことをいいことに、好き放題言っても、チェルは首を傾《かし》げるだけだ。

魔力の流れがわかったせいかなんとなく火が放てるようになった。でも、炎が青いしイマイチ小さい。時間もかかるので、戦闘には使えないだろう。


翌朝、なるべく魔物を倒しながら帰る。崖を前にチェルは不安そうな顔をしていた。

「風魔法で飛べばいいんじゃないか」

今のチェルは崖を登るにも、時間がかかるありさまだ。いい案だと思ったのだが、魔力の調節が難しくできないらしい。仕方なく蔦を掴み、息を切らせて必死で登る。その顔には疲労だけでなく、恐怖が浮かんでいた。置いていこうとすると「マキョー！」と叫びながら追いすがってきた。

その後、ビッグモスが襲ってきたので、相手をさせていたら、鱗粉《りんぷん》で麻痺させられていた。

「本当に、毒として効くんだな」

俺はその辺の木を削って木刀を作り、難なくビッグモスを粉砕。回復したチェルと進もうとすると、袖を引っ張ってきた。どうやら、ビッグモスの魔石が欲しいということらしい。

「欲しければ、自分で倒せ」

だが、何か目的があるらしい。仕方がないので魔石を渡してやると、木刀の先に付けようとした。

なるほど、杖を作りたいのか。木刀の先端をナイフで削ってやり、魔石をはめ込んでチェルに渡すと、大満足とニッコリ笑った。

そこからチェルの快進撃が始まった。ビッグモスの魔石の効果である麻痺魔法で、チェルは魔物を麻痺させ、動けなくなったところを、魔法で撃破していた。こんな使い方ができるなら、家にある魔石で杖を作ってやろう。と思っていたら、あっさり魔力切れを起こし倒れた。面倒な奴だ……。

結局この日も家へは帰れなかった。川岸でキャンプ中、盛大にいびきをかいて眠りこけるチェルを見てから、俺は魔法の練習がてら、周囲の森に入って魔物狩りを始めた。

なんとなく魔法を使うコツは掴めたが、イメージに時間を取られ、すぐに発動しない。

川岸に戻ると、寝ているチェルがスライムに襲われていたため、サーベルで瞬殺して助けた。満天の空の下、呑気《のんき》なチェルの寝息が魔境に響いている。

翌日、チェルの動きは見違えるように変わっていた。特に素早くなっているのが嬉しい。

チェルは俺よりもイメージする力があるので、魔法を展開させるのも早い。まだグリーンタイガーなどには腰が引けているが、ヘルビートルやコドモドラゴンなどには対応できている。

順調にいって調子に乗ったのか、チェルはインプの群れを見つけ、よせばいいのに襲撃していた。そのまま好き放題に殲滅していると、急に地鳴りのような音がした。

「うわぁっ！」

老樹の魔物・トレントだ。魔境で出遭った魔物の中で最大級のサイズで、二階建ての宿屋くらいある。表皮は硬く、サーベルで切っても、少し傷つくだけ。チェルの魔法も樹皮が焦げる程度だ。

「逃げろ！」

俺はチェルの襟首を引っ掴み、全速力で逃げた。

トレントは老樹のくせに速く、無数にある根っこを動かして追いかけてくる。チェルは俺の首に掴まりながら麻痺魔法を放っていたが、特にトレントが止まった気配はなく、まだ追いかけてくる。

ビリッ！

チェルのローブの袖がトレントの枝に掴まり破ける音がする。俺は振り返ることはせず、ひたすらに走ることに集中した。目の前には、見慣れた丘と沼。丘を越えてもトレントの勢いは止まらない。走る勢いはそのままに、俺はチェルを抱えたまま沼に飛び込んだ。

ドブンッ！

潜って、沼の底に足がついてもとにかく前へ進もうと必死にもがいた。首にしがみついているチェルを引き剥がし、息を吸うために水面に顔を出す。振り返ってみると、トレントは沼の岸辺で、怒ったように枝の腕を振り回していた。水の中には入れないらしい。

チェルは魔物に足を掴まれ妨害されていたが、器用に水魔法を使い、水流を起こし反対岸へと泳いでいく。俺も一緒に泳ぎ、どうにか命からがら反対岸に辿り着いた。

「二度と不用意にインプを殺すなよ！」

チェルに厳命する。言葉は通じていないが怒られていることはわかったらしい。

三日ぶりの我が家に帰り着いた。吊るしているハムはまだハムにはなっていない。フォレストラットは飢えで死にかけていた。急いで熟れたカム実や余り物の肉などを与えると、元気を取り戻した。物珍しそうにしているチェルを置いて、ひとまず濡れた服を着替え、外の木の枝に干す。チェルは替えの服がないので、俺のお古を貸した。だいぶブカブカだが、紐で縛れば着ることはできる。

畑は案の定カミソリ草が生え放題で、オジギ草は三メートルほど伸びている。危険なので、カミソリ草もオジギ草も刈った。野菜はあまり育っておらず、細い蔓がちょっとだけ伸びていただけ。カミソリ草やオジギ草に栄養を取られてしまうらしい。地面の中も弱肉強食だ。難しいが諦めるわけにはいかない。魔境で野菜作りができるとなれば、ここに人もやってきて、土地を貸すだけで生計が成り立つようになるはずだ。それまでは少し頑張らなければ。

家でチェルに今まで集めた魔石を見せてやると、驚嘆《きょうたん》した様子で俺の顔を見てから、ラーミアの石化の魔石と、ベスパホネットの毒の魔石を選んでいた。握りやすそうな木の枝を切ってきて杖を作ってやると、チェルはやたらと感謝してきた。

チェルが杖を使って魔物と訓練している間、こちらも魔法の練習をする。手のひらからわずかばかりの炎を出していると、ふと魔法剣なんて使えたりしないのかと思った。夢の記憶に出てくる物語などでは、よく見る技術なので、サーベルで試してみたがうまくいかない。

ナイフでやってみると、一瞬だけ火の剣っぽいものが出たが、ヤシの樹液のナイフは溶けてしまった。他の属性ならどうだろうかと風魔法を付与したところ、ナイフはバラバラに砕けてしまった。

「ヤシの樹脂は極端に魔力に弱いのか？」

ヘルビートルの角や、マエアシツカワズの爪など、いろいろと試してみたが、どうもしっくりこない。となると、やはり金属製の方がいいのだろうか。武器は無理そうなので前世の夢の記憶を頼りに、拳に魔力を纏わせて地面を殴ってみた。

ボゴンッ！

大きな音と共に半径五メートルほどのクレーターができてしまった。チェルは開いた口が塞がらないといった表情で見ている。もしかしたら魔族には存在しない技術なのか。

チェルが地面に絵を描いて、「それならトレントを倒せる」というようなことを伝えてきた。

「とりあえず、落ち着け」

まだ戦いに使えるほどの技術じゃないから、自ら危険に飛び込むような真似《まね》はしたくない。

その後、魔力を身体のいろんな箇所に集める練習をしていたら、すぐに日が暮れた。


翌日。俺とチェルは船を作るための木材を探しに出た。朝、これから二人で木を切り、船を造ってチェルを送る、という計画を地面に絵を描いて説明すると、チェルは何度も頷いていた。

家の近くにある木が使えないか試すべく、P・Jが持っていた謎の金属でできた剣に風魔法を付与してみた。すると魔力の伝導率が良すぎるのか、付与しただけで伸びた風の刃が前方二〇メートルほどの木々をなぎ倒してしまった。

「いやぁ……、これはダメなやつだ」

チェルはドン引きしすぎて、笑みを浮かべていた。P・Jの持ち物は危険すぎるので、うかつに魔法の付与には使わないでおこう。とにかく、八回くらい失敗できそうな量は倒れてくれた。この木々から枝を払い、中をくり抜いてボートを造ることにする。

斧で形を整えるも、中を削るのが難しい。湿っているのでやりにくいのだろうと、チェルに魔法で水分を抜いてもらうと、あっさり縦に割れてしまった。どうやら急に乾燥させると割れやすくなるものらしい。仕方なく、洞窟の前に並べ、自然乾燥させることにした。気づけば、俺は大木を一人で難なく運べるようになってしまっている。

「もし、魔境で暮らせなくなっても、引っ越し業者として働けるかな」

「ヒッコシ？」

「いや、なんでもない」

「イヤ、ナンデモナイ」

チェルが俺の真似をして、言葉を覚えようとしているようだ。俺もそのうち魔族の言葉でも教えてもらうかな。たぶん今後も使うことはないだろうけど。

昼飯の後、畑に行ったらスイマーズバードが巣を作ろうとしていた。

「なぜだ!? どうしてスイマーズバードはうちの畑にばかり巣を作ろうとするんだ？」

怒りに任せて、スイマーズバードを拳で彼方《かなた》にふっ飛ばした。野菜は地味に育っている。少しずつでいいのでちゃんと育ってほしい。水をやって新たなオジギ草を植える。

続いて沼の周囲の地図作り。警戒しながら沼の反対側の丘へ向かったが、すでにトレントの姿はなかった。

夕方まで地図を描き、カム実を採って過ごす。インプが辺りを飛び回って、俺たちを惑わせようとしているが、思いっきり石を投げて追い払ってやった。

「腹立つわ～、あの顔」

「ハラタツ～」

チェルはヘイズタートルの甲羅を石に変えたりして遊んでいる。遊んでいるなら手伝ってくれ、と言ったが、彼女は頷いてヘイズタートルを持ち上げようとしていた。

面倒なので放っておいたら、チェルが叫びながらふっ飛ばされていた。

「そういや俺も最初はヘイズタートルにふっ飛ばされてたなぁ」

首の骨が折れているかもしれないので落下地点に向かうと、チェルが蝙蝠《こうもり》の魔物・ゴールデンバットに捕まり喚いていた。

「マキョー!!」

本当に世話が焼ける。俺が姿を見せると、ゴールデンバットが超音波を発して威嚇してきた。

「アア……アア……」

足に捕らえられているチェルは目を回していた。

その間に、ゴールデンバットがチェルを掴んだまま空に飛んだ。

「させるか!」

斧をブーメランのようにゴールデンバットに向かって投げたが、あっさり躱された。

「まずい……」

上空へ逃げられるとどうにもできない。とりあえず、落ちている石を手当たり次第にぶん投げた。数撃ちゃ当たるとはよく言ったもので、投げた石の一個がゴールデンバットの羽に命中し、穴を開けた。旋回しながら墜落するゴールデンバットの足をナイフで切断し、チェルを救出した。

今日は日が暮れたので、このままチェルを連れて帰ることにした。


「マキョー! メシー!」

チェルは朝から元気だ。腹が減ったから飯を作ってくれと言っているのかと思ったら、作ってくれていたようだ。ただ、献立がひどい。

「生肉とカム実じゃ、料理とは言わないぞ」

肉を焼いて、パンをこね、熱した壷に張り付けて焼く。チェルはそれが面白いようで、薪を追加し、火の調節をやってくれていた。

「アッツ！　ンマッ！」

パンはこんがりきつね色になると一番美味しいことがわかってくれたようだ。チェルは結局、木が乾燥するまでは出ていけないので、少しばかり長く滞在することになった。畑や地図作りもどんどん進めたいし、俺としては人手が増えるのはありがたい。

朝飯の後、丘に登って北の山脈を見た。あそこまでが俺の土地なのだが、その向こうがどうなっているのかわかっていない。いつかは探索したいが、いろいろと障害が多い。

いっそ昨日の拳に魔力を込めたのと同じように、足に魔力を込めれば長距離を移動できないだろうか。そう考えて、少し足に魔力を込めて蹴り出すと、一歩で二〇メートルくらい跳んでしまった。

「なんだこりゃ？」

俺が跳んだのを見てチェルも同じように試していたが、そんなに進んでいない。

「あぎゃっ！」

調子に乗ってよそ見をしていたら岩に頭からぶつかった。岩はひび割れたが、俺の石頭はたんこぶができた程度だ。チェルが回復魔法で治してくれた。

「なぁ、回復魔法ってどうやるんだ？」

治療後に気になって聞いてみた。回復魔法が使えれば、大金を稼げるかもしれない。

「ジュクジュクジュクジュクジュク、パァッ〰〰〰！」

抽象的すぎてさっぱりわからん。イメージが大事ということか。試しに手のひらをナイフで切って、細胞を繋ぐイメージをしてみた。切り口は塞がるものの血豆ができてしまった。呆れたように盛大なため息を吐きながらチェルが治してくれた。

「面目《めんぼく》ない」

よく考えると、体の構造もわかっていないうちにいじるのは危険だ。

気を取り直して、割れた岩の断面をテーブルに、弁当を食べることにした。

「ウッフフフフ、ウッッフフフフフフ」

自分が作ったパンを食べながらチェルが気持ち悪い笑い声を上げている。

食べ終えると、その場に寝転び昼寝。自分の土地では誰にも邪魔されないので、自由だ。

「食べたい時に食べ、寝たい時に寝る！　やっぱ、これだな！」

気持ちいい風を感じながら、ゆっくり目をつぶると自然と深い眠りについた。

「ギャオエエエエッ！」

魔物の鳴き声で目を開けると地面がなかった。あまりに唐突で驚きの声も出ない。どうやら何かに捕まったらしい。横を見れば、翼竜のワイバーンがいびきをかくチェルをぶら下げていた。周囲にはワイバーンの群れ。遥か下に魔境の森が見える。

「いやはや、なんともまいったなぁ～」

どうやら北の山脈に向かっているようだ。とりあえず下りられそうなくらい地面が近づいたら、攻撃してみよう……と思っていたら、目を覚ましたチェルが先に攻撃をしてしまった。勘弁してくれよ、と思ったものの、こうなったら戦うしかない。

サーベルを振り回し、ワイバーンの足から離れて落下する。身動きの取れない獲物を捕まえようと追いすがってきたワイバーンたちが俺の胴を掴むのと同時に、俺は拳に土魔法を付与し、硬い土の拳を作り上げた。

「ギャォオオ！」

急に重くなったことに驚いたのか雄叫びを上げたワイバーンの足に、拳を叩き込んでやる。

ぐしゃりと骨が折れる音がしたので、そのまま折れた足を握ってワイバーンの上へ体勢を変える。

頭を曲げ噛み付いてくるワイバーンを思いきり殴りつける。

ボゴッ！　グチャ！　という感触と共に気を失ったワイバーンは、螺旋《らせん》を描いて墜落していく。

地面に落ちる寸前を見計らって、足に風魔法を付与し跳び上がる。チェルは自分ごとワイバーンを水の玉に閉じ込めたらしく、一緒に落下していった。

着地後、ワイバーンの追撃を迎え撃ちながら、地面に落ちたチェルの様子を見に行く。どうやら自分の魔法で溺れたらしく、息をしてなかった。腹を踏んで水を吐き出させた。

「馬鹿だけど、やるなぁ」

ワイバーンの攻撃を捌いているうちに、群れは山脈の方に逃げていった。時を同じくして、チェルが目を覚ました。

「ナニ、ココ？」

チェルが見回すので、俺も改めて周囲を確認した。石と砂だらけの岩石地帯。いつの間にか魔境の森は遠くなってしまっている。行く予定だった山脈はもう目の前だ。

「ゴホッ！　風が吹くと砂煙がすごいな。ここからちゃんと帰れるのか」

「ゴホッ！　ウエ～」

西の空に太陽が沈んでいく。今日は岩石地帯で野宿することになった。ここら辺は風が強い上に、夜はだいぶ寒い。風邪《かぜ》を引かなければいいが……。


翌日、案の定チェルは風邪を引いていた。

「ヘックシッ！」

できるだけ急いで帰るため、荷物を極力少なくしてチェルを背負う。チェルは俺の背中に鼻水を垂らしながら感謝していたが、動けないのだから仕方がない。

魔力を使って走ると、朝のうちに森に入ることができた。やはり魔力を使うととてつもなく速い。途中で蔦《つた》を採ってチェルと俺をきつく結ぶ。これで、ちょっとやそっとじゃ落ちないだろう。

森ではやけに昆虫系の魔物に絡まれた。サーベルで瞬殺していくのだが、とにかく量が多い。カム実を採集し、背中のチェルに渡そうとした。

「ゼェゼェ……」

目もうつろだったが食べなくてはいけないと思ったようで、俺の手から直接カム実をむさぼり食った。

「それだけ食欲があれば、大丈夫だろう」

カム実を食べたチェルは、すぐに眠ってしまった。

俺は走ること以外はあまり考えないようにして、ひたすら南へ。魔物が見えたら躱して逃げた。

昼過ぎには、遠くに沼が見えてきた。場所がわかると、迷わず一直線に洞窟へ猛ダッシュ。

我が家に着くと、チェルをベッドに寝かせ、ワイルドベアの毛皮をかける。布を水で浸し、頭に載せると、呼吸が荒かったチェルもゆっくりと息をし始めた。

自分も風邪を引かないように気をつけなければ。チェルの鼻水でベトベトになった服はすぐに着替えて洗濯。鍋に水を張って弱火で温め、加湿できるようにしてから、洞窟を出た。

続いて沼に行き、土魔法で石の礫《つぶて》を作り沼の畔を囲んでいく。水魔法と火魔法を組み合わせ、熱湯を作り出せば、ちょっとした風呂のできあがり。

「こんなもんか。いい湯加減だ」

せっかくなので入っていると、茹で上がったサワガニのような魔物が浮かんできた。

風呂から上がり家に帰ると、チェルが高熱を出していた。風邪薬はないので、フォレストラットがよく食べている葉っぱを与えたり、カム実を与えたりしたが、一向に良くなる気配がない。

チェルの頭に載せた濡れた布を替えつつ、P・Jの手帳に何か書いてないかと探した。

『インプ。妖精の魔物。顔がおじさんだが、顔の彫りが深い方がメスらしい。魔石の効果：風邪薬』

「これだ！」

俺は急いで沼の反対側に行き、「ギョェエエ！」という鳴き声のする方に走った。姿が見えればこっちのもの。サーベルで羽根ごと首を刎ね飛ばす。

インプの体内から魔石を取り出していると、やつが現れた。老樹の魔物・トレントだ。

「くそっ！　こんな時に限って！」

トレントがゆっくりこちらに近づいてくる。構っている暇はないが、襲われたらもっと面倒だ。拳に魔力を込めて殴りつけると腕のような枝がバキバキに折れた。

トレントは自分の折れた枝を見て動きを止めた。

「これなら、いける！」

足に魔力を込めて根っこを踏みつけ、火魔法を付与した拳で殴りつける。

すると大量の葉を吹雪《ふぶき》のように降らせてきた。それが合図だったのか、金切り音がそこら中から鳴り響いた。手で耳を押さえないと、頭がおかしくなりそう。

「マンドラゴラか⁉」

俺は音の攻撃で膝を突き、地面に突っ伏すことしかできなかった。

金切り音が収まった頃にはトレントの姿は消えていた。

「はぁ～……魔境の秘密兵器だな。こんなのに構っている場合じゃない」

また戻ってきても厄介なので、インプの魔石を持ってその場から離れた。

帰宅後、チェルにインプの魔石を握らせ、魔力を込める。チェルが大きく息を吸い込み、激しく咳《せ》き込んで黒い靄のようなものを吐き出していた。これが風邪の正体なのだろうか。靄を湿った布で振り払うと、布が真っ黒になった。引き換えに、チェルの容体はみるみるうちに良くなっていく。安らかな寝息を立てて眠るチェルに安心して、俺も少し眠った。


翌朝。チェルはすっかり体調が良くなっていて、風呂を作ったことを教えてやると朝から長いこと入っていた。

その間、俺はワイバーンの爪など岩石地帯から採ってきた物を確認。訓練施設に行くのは三日後なので、持っていく商品と必要な物を書き出しておく。持っていくのはハムと魔石、魔物の素材くらいか。欲しいのは時空魔法の魔法書と扱いやすい金属製の剣だが、魔法書は期待できない。

「となると、少し持っていく商品が少ないか」

野菜はできてないが、魚の干物は意外にいけるかもしれない。眠り薬は少しくらい売れないだろうか。考えながらメモ書きしていると、風呂から上がったチェルがやってきた。

三日後に訓練施設に行く旨と、チェルも付いてくるか聞いてみた。

「ん、イク」

魔族だとバレると面倒なので絶対に肌を隠せと伝えると、何度も頷いて理解したようだった。

魔族がこちらの国で差別されていることも理解しているようだ。

商品について、チェルが自作の杖を売ったらいいんじゃないかと提案してきた。

「そんな物商品になるかなぁ」

「ダジョーブ！」

売れなくても、元手はタダなんだからいいか、と思って適当な魔石の杖を作ることに。チェルが売れる魔石を見極めていたのか、次々と倉庫として使っている部屋から魔石を持ってきた。

スライムやスイマーズバード、ワイバーンの魔石を使いたいらしい。全て試すと、わかりやすく攻撃できるものばかりだ。スライムとスイマーズバードは水魔法、ワイバーンは風魔法が出る。

「フッフフフ」

チェルは、何か勝ち誇ったように笑っていた。よほど自信があるようだが作るのは俺だ。

握りやすそうな木の枝を切ってきて、魔石をはめ込む土台を作る。チェルはその間、ワイルドベアの毛皮を切ってフードを作っていた。魚の骨を縫い針にして、細い蔓を糸に、裁縫をしている。

こういう時、蜘蛛《くも》の魔物や繭を作る魔物の糸などが適しているが、魔境ではまだ見たことがないので仕方がない。意外に裁縫の才能があるのか、チェルは短時間でフードを完成させていた。

「たいしたもんだ」

褒めたら、チェルは恥ずかしそうにしていた。手や足の肌が見える部分は、軍手とズボンをはいて隠すつもりらしい。

それから、魔境の入口付近に作った落とし穴にハマると面倒なので、道を教えておいた。

夕方、チェルが魔力を動かす練習をしていたのを見て、俺も付き合うことにした。

特訓の末、右手から火魔法、左手から氷魔法みたいなことができるようになった俺に、チェルは石を投げてきた。最近、大した練習もせず感覚で魔法を使えていることに違和感を覚えてしまう。イメージ次第でなんでもできる魔法だが、回復魔法や時空魔法はまったく成功する気配がない。

回復魔法に苦戦する俺に、チェルは「フッフフフフ」という不敵な笑いを浮かべる。魔法に関しては完全に負けたことを素直に認めると、チェルは熱心に教えてくれた。

チェルは目隠しをして、俺に適当に魔石を埋めさせた。その後、地面に手を向け、魔力を放つ。するとチェルは知らないはずの魔石の位置を的確に当ててみせた。

チェルが使っていたのは魔力を使ったソナーのような魔法だという。魔力の反響により、地面の中まで見通すことができるらしい。これを応用すれば、身体の損傷や本来の構造を知ることができ、それを元に治す……というのが、回復魔法なのだそうだ。

翌日。二人で軍の訓練施設に持っていく品物を梱包するため、朝飯もそこそこにフキの葉を採ってくる。魔境のフキはとても大きく黄色く色づいた物は柔らかさもちょうどいい。

リュックと背負子《しょいこ》を使えば、二倍取引ができるので、それも用意する。チェルは楽しみ半分、怖さ半分といった様子でそわそわしている。リュックには魔物の爪など、武具の素材になりそうな物も詰める。杖は束にして、背負子に括りつけた。

「これで準備万端か……。あ、そういえば、女物の服も必要だな」

チェルが一着しか服を持っていないのは、さすがに可哀想だ。魔境では沼に入ったり、魔物の血で汚れたりが普通なので着替えくらいは欲しいはずだ。

とりあえず、思いつく物は書き出しておこう。

午後は魔法の練習。チェルに教えてもらって自分の体に向け魔力を放ち、内臓の位置や筋肉のつき方などを確認した。

「これってもしかして、やろうと思えば不治の病も治せるんじゃ……」

そこで思い出したのは、町の教会の優しそうな僧侶だ。お布施《ふせ》を払えば病気や怪我を治してくれるのだが、助からずに死んだ人は結構いた。もしかすると、お布施の額で生死を決めていたのではないだろうか。

嫌な想像はそこまでにして、早速実践していく。手の甲を少しだけ切り、回復魔法で治してみた。生命力に働きかけ、本来の治癒力を高めるだけなので、覚えてしまえば難しいことでもない。

ちなみに生命のあるものならなんでも治せるようだが、同じ物質でも生命が失われると治せないようだ。生えている木と、それを切り出した木材では、後者は治せなかった。

この原理を応用すれば、もっといろんなことができるかもしれない。

ほくそ笑んでいたら、チェルが石を投げてきた。普通に空中で掴んでしまった。もう一度投げるように言うと、迷わず投げてきた。俺は地面に手を触れ、試しに魔力で「地面が隆起する力」に干渉してみた。

ズゾゾゾゾッ！

壁を作るつもりだったが、地面全体が盛り上がり足元が小高い丘になってしまった。

麓のチェルは唖然と俺を見上げている。

「いやぁ、失敗失敗」

頭を掻いて下りると、チェルは「教えろ」と袖を引っ張ってくるが、説明が難しい。

沼に行って、波の力に魔力で干渉し水流を生み出してみた。

ボシュッ！

音を立て、沼の真ん中に木よりも高く噴き上がる噴水ができてしまった。

「こんなことができるなら、いくらでも魚が捕り放題じゃないか」

待てよ……てことは、植物の成長力を増幅させれば、すぐにでも野菜が育つのでは。そう思って、急いで畑に行って試してみたが、一瞬だけ育って枯れてしまった。

「やっぱりズルはいかんな」

とはいえ、風が吹いていれば、その力も利用できるし、燃えている火はより燃焼させることができた。魔力を纏うことに力を注いでいたが、逆に魔力で自分の力を引き上げることを考えてもいいかもしれない。魔法は万能ではないが、使い方次第でより強力な魔境の魔物にも対抗できるだろう。

再びほくそ笑んでいたら、豪速球の石をぶつけられた。

「やったなぁ！」

俺が石を投げ返すと、チェルは自分の目の前に見えない魔法の壁を作っていた。

「それはどうやるんだ？　風魔法の一種か？」

「チッチッチ」

チェルは「教えないよ」とジェスチャーで伝えてきた。まだ魔法ではチェルに劣る。

「よーし！　家賃の代わりに魔法の練習に付き合え！」

今までサボっていた分、魔法を習得できることが面白くて仕方がない。日が落ちるまで、チェルと組み手をしていた。


翌日、まだ日も昇らないうちに、チェルは平たいパンを焼いていた。朝飯分の他に、昼飯用と晩飯用の分も焼いている。パンを焼いている時のチェルの目は真剣だ。フォレストラットの家族に餌を多めにやり、畑に行って雑草を刈り、魔力で水流を作って畑のそばまで水を引いてくる。少なくなってしまったが、残った野菜は順調に育っている。

朝飯をしっかり食べて、お互い身だしなみを整える。食べ物がそこら辺に落ちてないか確認してから荷物を背負って出発。行程としては、今日の昼までに魔境の外の森に入りキャンプ地を確保し、訓練施設の様子を探りながらチェルが行ってもいい範囲を決める。

落とし穴に注意しながら進んでいくと、一時間ほどで入口の小川に辿り着いた。

「こんなに入口の川が近かったとは」

未知の魔境を進むのと既知の獣道を進むのでは体感が違う。

スライムを倒しながら小川を渡り、魔境を出た。あまり急ぐと、すぐに訓練施設まで辿り着いてしまうため、チェルに出遭った魔物の性格を教えたりして進む。

森の中は起伏が激しい場所もあり、谷間には来る時には気づかなかった洞窟も発見した。

「ここを目印にしようか」

洞窟の中を覗いてみると、ゴブリンの住処になっていた。迷わずキャンプ地にする。

チェルはゴブリンの殲滅を買って出た。と言っても、入口に立って火の魔法をガンガン撃っていただけだ。逃げた生き残りを除き、大半のゴブリンは焼け死んだ。死体やゴミを片付けて整える。

入口は生い茂った木で隠れ、火を焚いても外からは見えない。悪くない隠れ家だ。

穴を掘って、荷物を隠し、洞窟の周りに落とし穴を仕掛けまくる。作業は手慣れたものだ。

罠の仕掛けが終わる頃に、金属がこすれ合うような音が聞こえてきた。耳を澄まし、草木をかき分け音のする方に向かうと、冒険者のパーティーが魔境の方に進んでいくのが見えた。

何か用だろうか。魔境の地主である俺の許可がなければ不法侵入だというのに。

パーティーは全部で八人。魔法使いや僧侶、剣士、武道家など職業は様々だ。男女混合で、派手な鎧を装備した剣士がリーダーらしく、他のメンバーを先導しようとしている。

チェルが「どうする？」と目で訴えてくる。

「しばらく様子を見よう」

パーティーの後をつけることにしたのだが、冒険者たちは魔物に出遭う度にやけに時間をかけて戦うので、近づきすぎないようにする方が大変だった。

じゃれているだけのスライムに手こずり、俺とチェルは、岩の上で頬杖を突きながら見ていた。

「アー、マタカー」

チェルは冒険者たちの戦いに飽きているようだ。なぜか最も効果がある魔法を囮にして、有効打にならない物理攻撃を何度も叩き込んでいる。

「バカなのかな？」

数がいればいいというものではないな、と心底思った。

小川を渡り魔境に入った四人は魔力切れを起こし、後の四人は体力が限界を迎えていた。

「よし、魔境の持ち主として、一言言いに行こう」

小川のスライムを文字通り蹴散らし、彼らに近づく。

「すいません！　何をやってんすか？」

リーダーである剣士がこちらを見て、驚いたように目を丸くしている。

「いや、何って……我々は、『白い稲妻』という冒険者のパーティーだ。強き魔物を求めてこの地へやってきた。我々が来たからにはもう大丈夫だ！」

剣士は金属の冒険者カードを見せてきた。自分たちは高ランクの冒険者だと言いたいらしい。

「どうでもいいですけど、私有地なんで勝手に入らないでくださいね。死なれても困るんですよ。ガイコツ剣士とかリビングデッドとかになられても迷惑なんで帰ってもらえますか？」

「な、何を言う！　我々は都市でも最強のパーティーの一角を担っているのだぞ！」

「でも死にそうじゃないっすか。スライムに苦戦してるなら、先には行かない方がいいですよ」

「ギョェエエエエ！」

タイミングよくインプの鳴き声が聞こえてきた。冒険者たちは恐れおののいたように震え上がっている。さらに魔境の中から、コドモドラゴンがワイルドベアを咥えながら出てきた。冒険者たちはなりふり構わないといった様子で仲間たちを背負い、せっかく渡った小川を戻って逃げ出していった。

後には、完全に魔力切れを起こし倒れている女僧侶だけが残ってしまった。どうするか考えた結果、訓練施設の付近に置いておくことに。兵士の誰かが見つけて介抱するだろう。

女僧侶を肩に担いで訓練施設へ走る。スレンダーに見えたが、服の下は意外と肉付きはいい。

小一時間ほどで訓練施設に到着。女僧侶は畑に寝かせておいた。そのうち誰かが見に来るだろう。

今日は荷物もないし、交易はあくまでも明日にして洞窟へと戻る。

夕方、住処を奪われたゴブリンが上位種のホブゴブリンを連れて戻ってきたが、さっくり剣で倒した。日が沈んだら、とっとと寝る。俺たちは快適な中継地点を見つけた。

翌日。顔をマスクで覆い、軍手をはめて、完全に肌を隠したチェルと共に軍の訓練施設へ向かう。

畑では隊長が農作業をしていた。

「こんちは～！」

「ああ、君は魔境の！　もう二週間経ったのかぁ。そちらはお仲間かな？」

チェルを見て、隊長が聞いてきた。

「ええ、変わり者なんですが、腕は確かです。これで二倍取引ができますよ」

「そうか。こちらに交換できる品物があればいいのだが」

小屋の中に案内された俺たちは、大きな作業机の上に荷物を置いた。チェルは緊張しているらしく落ち着かない。もしもの時の脱出経路を確認して、黙って壁際の椅子に座っていた。

「今回は、魔物の熟成肉に、ハムも作ってみたんですが、どうですかね？」

「ハムですか。ハムは日持ちするので、ありがたいね」

「それから、魔石各種に、こんな物を作ってみたんですが」

俺は隊長に手作りの杖を見せた。

「ふむ、ここの訓練施設にはあまり魔法使いはいないから、詳しくはわからないけど、悪くない品だと思うなぁ。他にも何かあるかい？」

「魔物の爪や牙など、加工すれば武具に使えそうな物も持ってきました」

隊長は、魔物の爪や牙などを吟味し、なんの魔物のどこの部位かを聞きながら、加工できる物とできない物を仕分けていった。グリーンタイガーの牙はかなり希少価値があるらしい。交換材料ではないが、キングアナコンダのサーベルを見せると惚れぼれと見ていた。

「それで、こちらからはまた、小麦粉や野菜とかでいいの？」

一通り見終わった隊長が聞いてきた。

「いや、えーっと、糸や裁縫道具、あと木を加工する工具が欲しいのですが、ありますか？」

「そのくらいなら、用意できるよ」

「あと金属製の剣を何振りか。もし用意できれば時空魔法の魔法書が欲しいのですが」

「ん～時空魔法かぁ。それはまた、随分、値が張るよ。というか、あるのかなぁ」

「注文という形で、王都に問い合わせることなどは可能なんですかね？」

「できるけど、前金だけでも相当するよ。それに、高価な魔法書なら偽物も多いし、自分で王都に探しに行った方が納得できるんじゃないかな」

王都まで、馬車で一〇日ほどだろうか。今の俺ならそんなにかからないかもしれないが、数日、魔境を空けることになる。流石にチェルは連れていけないから、現状では無理そうだ。

「わかりました。魔法書は自分で探すことにします」

「では、小麦粉や野菜は多めに用意するから。実は、君のために町から余分に取り寄せていたんだ」

「ありがとうございます」

「金属製の剣は、うちの兵士が使っているような物でいいの？」

「あ、はい。大丈夫です」

隊長は剣を一〇本ほど一まとめにして持ってきた。糸や裁縫道具もすぐに出てきたが、工具はどんな物がいいか聞かれた。

「船を作りたいんですよ」

「だったら、大きい物の方がいいよね。ちょっと一週間ほど時間もらえる？　作らせるんで」

「助かります」

辺境の海もない土地だから、船作りの工具なんかすぐに出てこないのは当たり前だ。

「あ、そうだ、あと女物の服を数着欲しいんですが」

「は？」

「あ、僕じゃなくて、仲間の分です」

「ああ、そうだよね。女物かぁ。今ならすぐ用意できるかもな」

「今なら？」

「いや、五日ほど前に冒険者のパーティーがここを通ってね。そのうちの一人が突然昨日帰ってきて他の奴らはどうしたのか聞いたんだけど、一向に要領を得ないんだよ。ただ、その帰ってきた女僧侶が可愛いと、兵士たちがプレゼントを買いに出かけてるんだ。その中に服もあれば、すぐにお渡しできるが……」

隊長は意外に腹黒かった。

「いや、プレゼント用のいい服じゃなくて、普通に生活する用のズボンと服がいいんですが」

「あ、そう？　じゃ、それも一週間後ということで。一応うちにも女性隊員はいるけど、あいつらのはもうボロボロなんだ」

一週間後の約束を取り付けて、交換を済ませた。

帰りは荷物もそんなに慎重に運ばなくてもいい物なので楽だ。チェルは小麦粉が手に入ったのが嬉しいらしい。早くパンを作りたいらしく、ずっと「グフグフ」言っている。

走って帰ったので、昼過ぎには魔境の洞窟に帰れた。

鉄の剣で魔法剣を試してみると、そんなに魔力の伝導率も良くないため、自分の思った通りに威力を変えられる。魔法陣を描けばP・Jの剣のように特定の魔法を付与できるはずだ。必要な道具や習得したい技術は多い。自堕落《じだらく》だった町の生活とは大違いだ。

翌朝から本格的に、魔境にあるという遺跡を探すことに。自分の土地に遺跡があったら、冒険者として宝を探さないわけにはいかないだろう。地主としても自分の買った土地に遺跡なんかあれば、呪われるんじゃないかと不安もある。どちらにせよ、探しておかないとなんだか気持ち悪い。

だが、今のところは探すと言っても、森の中を虱潰《しらみ》しに歩き回るだけ。P・Jの手帳には遺跡の入口や中の様子、注意書きなどは書いてあるものの、どこにあるかなどは記されてはいない。

畑仕事をしてから、白い紙と木炭を持って森に入った。鉄の剣は非常に使い勝手が良く、魔法剣を使えばなんでも切れるような気がした。一見すれば順調だが、はっきり言って全然探索は進んでいない。

「待てよ、そもそも魔境の全体図すら把握していないんじゃないか」

地図を描いているものの、どのくらいの大きさの地図になるのかわからない。

北に山脈があり、東に海があることはわかったが、南はどこまでが自分の土地なのか。魔境には西から入ってきたため、小川が西の境界で東は海が境界だろう。北は山脈の向こう側に何があるのか確認するとして、南は確か崖までが俺の土地だ。

昼過ぎには、森での地図作りを一旦止め、家に帰った。飯を食ったら南へ向かうことに。

「ウマイカ？」

「うまい！」

チェルは自分で作ったパンの感想を聞いてくる。焦げたりすると、納得いかない様子で、フォレストラットの家族に食べさせていた。残飯処理と実験動物を兼ねているようだ。

軽く準備運動をしてから足に魔力を纏わせて南へ走った。チェルもちゃんと付いてきた。

道なき道を行くため、二人とも移動速度が遅くなってしまう。さすがにオジギ草にやられるということはなくなったが、他の植物はこちらを捕食しようと襲ってくるので対処に時間がかかるのだ。

魔物の種類も様変わりし、どう見ても沼周辺より個体のサイズが大きくなっている。ポイズンスコーピオンという本来手のひらサイズであるはずの魔物が、四メートルほどのサイズで現れたりして戸惑う。しかも一匹倒すと仲間が大量に現れたりするものだから、さらに時間がかかる。

それも崖が見えるまでと考えていたが、未だ崖の影すらもない。

「あれ？」

どこまで森が続くんだと思っていたら、森を抜けてしまい、唐突に砂漠が始まっていた。山脈の方にあった岩石地帯ではなく、完全に砂の砂漠だ。

「この砂漠も俺の土地なのか」

遠くには、とんでもなく長いミミズが、宙を舞い砂漠に潜っていくのが見えた。P・Jの手帳を見ると、サンドワームという普通の魔物だそうだ。体長はとんでもなく大きいが、弱い部類にランクされていた。手帳に書いてあるということはやはりこの砂漠も魔境の一部らしい。

「魔境には砂漠もあるのか……」

全て俺の土地と考えると広すぎて気が重くなってきた。

一応、サンドワームがこちらにやってきたので、攻撃してみたが、魔法剣でもちょっと表面が傷ついたくらいだった。これで普通って、P・Jって頭おかしいんじゃないだろうか。チェルも水魔法を当てていたが、そもそも砂漠では水魔法の威力が弱まるのに加え、サンドワームが水を飲み込んでしまった。好戦的でなかったため、逃げても追ってこなかったのが幸いだ。

「ひとまず、今日のところはこの辺で帰ろう」

汗に砂が混じって、体中が焼けたパンの色になっているし、髪はゴワゴワしている。帰ったら風呂があるのだけが救いだ。

帰ってからP・Jの手帳をしっかりと読むと、俺とは決定的に違う武器があった。魔法陣である。P・Jはかなり博学だったらしく、よく見るとページの四隅や空いたスペースに魔法陣をイタズラ描きのように記している。

試しに地面に描いて、魔力を流してみると、突然小爆発が起きた。

「うわっ!?」

もう一つ描いた方に魔力を流すと今度は空間が切り取られて、硬い石が鋭利に切断されていた。これはマジで危ない。

「本当に何者なんだP・Jって！」

倉庫に残された武具を確かめてみると、全てに魔法陣が組み込まれていた。しかも模様や死角にうまくなじませており、一目見ただけでは魔道具だとわからない作りになっている。P・Jはとんでもなく優秀な魔道具師だったらしい。そんな人間がどうしてこんな魔境で遺跡を調べ、孤独死しなくちゃならなかったのか。

「……まるでわからない」

「アホナノカ？」

翌日からP・Jの片手剣を持って、南の砂漠に向かう。チェルにもP・Jのナイフを持たせた。

砂漠までは昨日と同じようにポイズンスコーピオンの群れを倒す。チェルも俺も、P・Jの武器はすごいと思っていたが、魔道具だと思って使うとさらにそのすごさがわかる。

P・Jの剣を向けて、ちょっと魔力を流すだけで、刃渡りが一〇メートルほど伸び、ポイズンスコーピオンは真っ二つに割れた。その奥に生えている木すら倒れてしまう。硬い魔物にもぽっかり穴が開き、自分に穴が開いたことさえ気づかず向かってきて倒れるものもいた。

「これは思ったよりヤバすぎるな」

チェルが魔力切れを起こしたので、昼飯がてら河原で、休憩することにした。

飯の匂いに誘われたのか、川から家みたいなサイズのカエルの魔物がこちらに向かってきた。

俺は急いでチェルを背負い、森へと逃げる。戦えなくはないが、ここで俺まで魔力切れを起こしたら、二人とも死んでしまう。最悪の事態を避けるため、昼飯を犠牲にして森の草陰に隠れた。様子を窺っていると、ふっと背中にいたチェルが軽くなった。

「マキョー、タスケテホシー」

樹上から食肉植物が垂らした蔓に絡め取られたチェルが引っ張り上げられてしまった。大きな花びらを広げた植物から剣で蔓を切って助ける。そこに、おこぼれに与《あずか》ろうとした極彩色の蝶の魔物が集まってきてしまった。食肉植物はそれをバクバクと食べ始めた。

周囲に蝶の鱗粉が舞い、空気が黄色く変色していく。俺たちは急いで川原の方へ逃げ出した。カエルの魔物は俺たちの昼飯を食べている最中。前にはバカでかいカエル、振り返れば鱗粉が迫ってくる。チェルは相変わらず、魔力切れで動けない。

全てを運に任せて、俺はチェルもろとも川に飛び込んだ。泥が多く視界ゼロ。息の続く限り潜り、できるだけ遠くに泳いだ。

「プハッ！」

川から上がり、ひとまず落ち着く。服はびしょ濡れだし、カバンは先ほどの川原に置いてきてしまった。警戒しながら川原に戻ると、カエルがひっくり返ってピクピクと麻痺していた。鱗粉を吸い込んだようだ。

鱗粉が風で飛ばされるのを待ってから、カエルの首元をさっくりと剣で刺し殺す。そのまま腹まで一気に裂いて内臓を引きずり出した。昼飯はパンからカエルの足に変更だ。さっぱりして美味しかったが、チェルは納得していないようだ。パンが食べられなかったことが悔しいのだろう。

「調子に乗って魔力切れを起こすからだ」

しっかり魔力が回復したところで砂漠へ向かい、昼過ぎには砂漠に到着した。砂丘から飛び出してきたサンドワームはＰ・Ｊの剣で秒殺だった。確かに、これなら弱い部類に入るのかもしれない。

砂漠を探索できるようになったはいいが、砂漠に入った途端、方向がわからなくなってしまう。

森であれば木を切って年輪を調べれば方向がわかりそうなものだが砂漠にはない。太陽が出ていればいいが、砂嵐が断続的にやってくるので、やはり方位磁石が欲しいところだ。

「ドシタ？」

思い悩む俺にチェルが聞いてきた。

「このまま行くと方向がわからなくなって、帰れなくなる」

「魔物ツカエバ？」

帰巣《きそう》本能が強い魔物を森で捕まえておいて方向がわからなくなったら、魔物を放せばいいんじゃないか、ということらしい。

「ナイスアイディア！」

一旦、森でいろいろな魔物を捕まえることにした。南の魔物は大型だし生態がわからない植物も多いので家の近辺で探す。やることが決まれば、ひたすら走るだけ。頭を使わない分だけ楽だ。

家に着いたのは夕方。こびりついた砂を洗い流すため、小川へ向かうと、川向こうにいつぞやの女僧侶が立っていた。この前、軍の訓練施設に置いてきたはずだが……。

「何か用ですか?」

「『白い稲妻』は退団してきました! どうかここに置いてはもらえませんか?」

彼女は開口一番そう懇願してきた。女僧侶は金髪で碧眼、見目麗しい。僧衣もアイロンがかかっているようだ。近くで着替えてきたのか。ただ、そんな格好では魔境でやっていけない。

「いや、断ります」

「元僧侶で怪我や病気の時には役に立つはずです! パーティーでは消耗品の管理などもしておりました! ここに置いてはもらえませんか?」

「いや、だから……」

「北部出身、寒さには負けません! 名はジェニファー・ヴォルコフ! ここに置いてください!」

なんでこんな辺鄙《へんぴ》な魔境に来たんだろう。

「もしかして、あの冒険者のパーティーをクビになったんですか?」

「そ……それは、あなたには関係ないでしょ!」

ジェニファーは顔を真っ赤にして憤慨している。

「いや、ここは俺の土地だし、事情を知らないことには置けませんよ」

「そうです! 私は冒険者のパーティーから追放されました! 全てを懸けてきたあの仲間たちから『もう必要ない』と言われたんです! だから、どうかここに置いてください!」

「『だから』の意味がわからないけど、実家、帰ったら？」

「実家はありません。孤児なので」

「だったら、お金貯めていい所探してのんびり過ごしたらいいよ」

「私にとっては、ここが最もいい所です！　誰かと関わって傷つくこともない。素晴らしい土地です！　私の理想の土地です！」

「俺がいるし、俺の土地だし」

「私を助けていただいたそうですね？」

話聞いてねぇな。責任取れって言ってんのか。

「この魔境でリビングデッドとかゾンビになられたら面倒だからね」

「魔境？　やはりこの土地こそ私の終《つい》の住処《すみか》にはピッタリ！」

「勝手に終の住処にしないでくれ」

「さ、ほら日も暮れてきてますし、とりあえず家まで案内してくれます？」

目が血走って、有無を言わせない気迫を感じる。終の住処とか言ってるし、死ぬ気満々のヤバい奴だ。断ると、普通に死んで魔物化しそうなので、少しだけ泊めて追い返そう。

「宿泊ならいいけど家賃は払ってもらうからね。それから、この魔境で見たものは口外《こうがい》しないこと」

「承知いたしました！　お金だけは確保してあります！」

すごい面倒だけど、洞窟まで案内することに。

「ギャッ！」

ジェニファーは小川であっさりスライムに襲われて、魔力切れを起こしやがった。

俺はスライムを蹴散らし、気絶しているジェニファーを担いで家に戻った。洞窟周辺ではチェルが昆虫系の魔物を中心に連れてきては放している。

「ナニソレ？」

チェルがジャニファーを見て聞いてきた。

「なんかヤバい奴。食う？」

「イラナイ」

ジェニファーはとりあえずベッドに寝かせて起きるまで放っておくことに。

「方角がわかりそうな魔物は見つかった？」

チェルに聞くと首を振っていた。本格的な砂漠探索はまだ先になりそうだ。

翌朝、俺の部屋にジェニファーが駆け込んできた。

「ちょっと魔族です！　魔族がいます！」

「ここで見たものは喋らない約束だろ？」

俺は寝癖を直しながら、表に出るとチェルがパンを焼いていた。

「マキョー、パン！」

チェルは嬉しそうに焼き加減を見ている。

「うん、畑に水やり行ってくる」

「ちょちょちょっと！　えっと、マキョーさん？」

ジェニファーが俺に付いてきた。

「なんだ？」

「魔族がいるんですよ。なんでこんな場所に……」

「だから？　東の海岸に漂流してきたんだよ。船を作って帰してやろうと思ってね。魔境ではチェルの方が先輩だから敬意を持って仲良くな」

「いや、だって敵ですよね？　見つかれば、衛兵に連れていかれますよ」

「敵って一〇〇年前以上前の話だろ？　今は別に戦争をしてるってじゃない。それに、困っている人がいたら助けろって、教会だって言っているはずだ。何か問題があるか？」

「そうですけど……助けても、なんにも得がないじゃないですか？」

「家賃代わりに魔法を教えてもらってるんだ。これでも結構、うまくなった」

俺はそう言って魔法で沼に水流を作って、畑に水やりをした。オジギ草がまた何か魔物を食べたらしく大きくなっている。雑草のカミソリ草も刈り取っておいた。

ジェニファーはその様子を黙って見ていた。

「ジェニファー、ここは俺の私有地だから。家賃を払えない奴は追い出すよ」

「お金ならあります！　ここに金貨一〇枚あります！　一ヶ月滞在でどうですか？」

家主より先に店子《たなこ》の方が金額を提案してきた。元が金貨五枚の土地なので、大儲けだ。

「それでいいよ」

もしかしたらジェニファーはものすごく馬鹿なのかもしれない。

「では、これを」

そう言ってジェニファーが渡してきたのは、小切手と書かれた紙切れだった。

「いや、これは金貨じゃないだろ？」

「でも、金貨一〇枚の価値はあります」

「こんなんじゃダメだよ」

「はぁ～、これだから田舎の人は。王都ではこれが普通なんです。いちいち金貨を持ち歩く必要はないでしょ？　これを持って両替商に言っていただければ、金貨に換えてもらえますから」

「でも、ここは王都じゃないしなぁ。両替商なんか来ないし……」

そう言うとジェニファーは「わかりましたよ！」と怒り始めた。

「働けばいいんでしょ？　皿洗いですか？　薪拾い？　それとも夜伽《よとぎ》の相手ですか？　こうなったらなんだってやります！　いずれここのトップになって、あいつらに復讐してやるんですから！」

自分の意見が通らないとすぐに怒り出すって、やっぱりちょっと危ない奴だな。

「よし、今すぐそうするべきだ！　ここは君の居場所じゃない。出ていってくれ」

「え……？　どういうことですか？」

「いや、この魔境は俺の土地なんだ。君は危ない奴っぽいし、入口のスライムにやられているくらいだから、この魔境ではやっていけない。お引き取りください」

「な、な、何を怒っているんですか？　何か私が失礼なことでも言いました？」

「うん、君がパーティーから追放された理由がよくわかった。君は人の話を聞かない。誰もが自分の思い通りになると思っているだろう？　残念だが、現実はそう甘くないんだ」

ジェニファーは顔を真っ赤にして、洞窟へ戻り自分の荷物をまとめ始めた。

「マキョー、パン！」

「うん」

チェルはジェニファーが洞窟から去っていくのを見て「カエルノカ？」と聞いてきた。

「ああ、追放されて復讐するためにここに来たそうだ。彼女の居場所はここじゃない。王都でやり直した方がいいだろう」

「フーン」

俺の説明がわかっているのかいないのか、チェルはジェニファーに向かって「ジャ、マタ！」と言って手を振っていた。ジェニファーは振り返らずに魔境の入口に向かって去っていった。

「チェルがここにいることがバレて衛兵が来るかもしれない。その時は逃げろよ」

「ウン」

不思議だ。言葉が通じない魔族の方が、意思が通じるなんてな。


多めの朝飯を食べてから、方位を知るための魔物を探す。捕まえては放すを繰り返し、巣に帰らずこちらに向かってきた魔物は倒していった。

倒した魔物の魔石が小山ほど溜まった頃、小さな鳥の魔物・リーフバードが使えそうなことがわかった。ポケットに入れられるサイズで、暗い所に入れるとすぐに眠る。砂漠近くの森まで行って放すと、高く飛んで北へと向かった。

「大きさもいいし、生態もピッタリだな」

「実験成功だネ」

リーフバードという名前だが葉っぱではなく、虫魔物の幼虫を好んで食べるらしい。洞窟の上に巣状の罠を作って、たくさん捕まえる。

昼食後、リーフバードを懐にしまい、砂漠へ向かった。

サンドワームを倒しながら進むと、すぐに方角を見失う。さらに砂嵐がひどく、なかなか進めない。俺もチェルも、精神的な疲労を感じていた。仕方なくその場に土魔法で砂を固めて簡易的なドームを作り、砂嵐が収まるのを待ってから、行進を再開した。

外に出ると、遠くの空に動かない雲を見つけた。

「あれはなんだ？」

「トリ？」

雲から鎖が地面へと伸びている。雲もしっかりと実体があるようだ。

「あんなの見たことあるか？」

「ナイナイ。ミタコトナシ！」

薄い雲に囲まれた空に浮かぶ島。鎖は一つのパーツがサンドワームほどもあり、しっかりと地面に繋がっていた。不思議な雰囲気だし、P・Jの手帳に記された遺跡はあそこにありそうだ。

鎖を登れば島まで辿り着けそうだが、今日はすでに日が傾き始めている。

「一旦帰ろう」

懐からリーフバードを取り出して放す。空高く飛んだリーフバードが旋回して、北に向かって飛んでいく。俺たちはリーフバードを見失わないように追いかけた。

ちゃんと家には帰れたのだが、空に浮かぶ島の姿がずっと頭に残っている。チェルも、どこか上の空で珍しく夕飯のパンを焦がしていた。明日はしっかりと準備をして、空に浮かぶ島に挑戦しようと相談していると、チェルが森の中を指さした。

「アレ！」

暗い森の中に魔石灯の明かりが見えた。明かりの方に近寄ってみると、ズタボロになったジェニファーが倒れていた。服は破け髪も乱れ、右足はあらぬ方に曲がっていたが息はしている。

「はぁ、もう一泊させてやるか」

「ウシシシ。エライ」

ジェニファーをベッドに運び、再び明日の打ち合わせをしてから就寝。寝る間際にＰ・Ｊの手帳を読んだが、空に浮かぶ島などの記述はなかった。

翌日、ジェニファーはまだ寝ていた。折れていた足はチェルが回復魔法で治したようだ。畑に水をやり、朝飯を食べてから、砂漠へ向かう。

懐には方位磁石のリーフバード。森の中を走っていると植物も魔物も襲ってくるが、どれも見たことのあるものばかり。朝方は植物も魔物も動きが遅く、攻撃されても難なく躱せる。

朝のうちに砂漠に到着。サンドコヨーテやデザートサラマンダーなど、砂漠特有の魔物も現れたが、魔力を手に纏わせた魔法拳で一撃だった。Ｐ・Ｊの手帳で確認しても、『砂漠の魔物は弱い』と書かれていた。ただ、毒のある植物に関しては、『絶対に手を出さないように』と注意書きがあった。

「植物なんて見えないけどな」

とりあえず、Ｐ・Ｊの手帳は無視して先を急ぐ。一番の問題は砂嵐だったが、朝のうちは風が弱いのかそこまでひどくはない。顔に布を巻いて対処するくらいで、効果はあった。

「へェ……へェ……」

チェルはちょっと辛そうだがあまり水を飲んでいない。水を飲みすぎると余計疲れるのだそうだ。

空に浮かぶ島の真下に到着したのは、昼前ぐらいだった。後は島と繋がっている金属製の鎖を登るだけ。なんの金属かわからないが、人が二人登ったところで、弛《ゆる》むということもなさそうだ。

チェル特製のサンドイッチを少しだけ食べてから、鎖を登り始める。歩くようにとはいかなかったが、木を登るくらいの速度はあった。

登っているうちに、あまりにも島が遠いような気がしてくる。腕や腹筋、脚の筋肉が悲鳴を上げるので、何度も休憩を挟んだ。チェルは風魔法で自らを浮かせようとしていたが、うまくいかない。鎖の金属が特殊なものなのか、風魔法は弾かれてしまう。

危うく落ちかけたチェルを助けながら、ひたすら上を目指す。風魔法を使った後には必ず、砂嵐がやってきた。

「くそっ、しがみつけ！」

砂嵐が来ると止むまで待たないといけないので、さらに時間がかかった。

「もうやるなよ！」

「ヤラナイヨ！」

腕の疲労が半端じゃない。魔境で結構鍛えてきたつもりだったが、まったく歯が立たない。

さらに汗に砂が混じって、肌がベタベタになると、お互いにイライラしてくる。途中、風魔法ではなく、身体に魔力を纏って鎖に吸い付くように手や脚に魔力を込めると、楽に進めることを発見。

チェルにも教えた。

「オオッ！」

だが、すぐにこの方法がやばいとわかった。ふと違和感を覚え、注意して魔力の流れを見てみると、鎖に魔力を吸収されていたのだ。慌ててチェルにも伝えて事なきを得た。

「モウヤルナヨ！」

「やらないよ！」

砂嵐でチェルが意識を飛ばしそうになったり、俺の手に力がうまく入らなくなったりしていたので、ロープでお互いの身体を結ぶ。一人だったら、すでに落下して砂漠に埋もれていたかもしれない。何度目かの砂嵐が止み、やがて空が茜色に染まった頃、ようやく島がはっきり見えた。

「もう少しだ！」

「モウスコシ！」

力を合わせて、登り切り、島の地面に身を投げ出した。東の空を見れば、一番星が輝いていた。

空島は木々や色とりどりの花々といった豊かな自然で溢れていた。島の周りに漂う雲はなく、遠くの北の山脈まで見える。ただ、島の反対側に行っても、南端の崖は見えなかった。

建造物はあるが、人の気配はない。大きな木がレンガ造りの家を突き破るようにして生えているので、人がいなくなったのははるか昔のようだ。

全身が疲れ身体が熱くなっていたが、冷えた空気をゆっくり吸い込むと汗が徐々に引いていった。

島を回っているうちに日が暮れてしまったので、今日は半壊した家の中で寝ることに。小さな小鳥やリスの魔物しかないし、襲われるようなこともないだろう。

今日はあまり食事をしていなかったので、干し肉やサンドイッチをしっかり食べた。

「うまいな」

「ウマイッ！」

俺もチェルも疲れていたので、塩気がある食事が何より体に染みた。やることもないので横になったのだが、山と同じくらいの高度なのでとても寒い。火を焚いたが、燃え方が小さい。酸素が薄いのだろう。仕方がないのでチェルとくっついて眠ることに。

「ヤルナヨ！」

「やらねーよ！」

チェルは恥ずかしそうに、俺の抱き枕と化した。チェルは俺を掛け布団代わりにしたようで、すぐに寝息を立てていた。

俺はあまりにもはっきりとした星を見ながら、町にいた頃を思い出した。何もやり遂げたことがなかった俺が、おとぎ話に出てくるような空に浮かぶ島まで辿り着けるなんて思いもしなかった。

魔境は人を変える力があるのかもしれない。

「俺はどこまで変われるのかな。いい方向に行けばいいけど……」


空が明るくなる頃、辺り一面が白い霧、いや雲に包まれていた。気温は低く、俺もチェルも手をこすり合わせながら、朝飯を食べる。

その後、視界が悪い中、島を探索する。P・Jの手帳に描いてあった遺跡を探したが、一向に見つからない。集落には争いの痕や人の骨などはなく、錆びた鍋や金槌《かなづち》などが残されていた。

「忽然《こつぜん》と消えたってことか」

住んでいた人たちは逃げ出したのかもしれない。島の端まで行ったが、雲で地上は見えなかった。

「キエタ？」

「逃げ出すって言ったって、鎖から以外ないよなぁ」

「トベタノカモ？」

風魔法を利用すれば少しは飛ぶこともできるらしいが、ここから地上までは難しいだろう。そんな飛行能力のある民族がどこかに現れたという話も聞いたことがない。

島の端を周るように進むと、墓石があった。平たい大きな岩に、文字が彫ってある。

『ピーター・ジェファーソン　ここに眠る』

「え？　P・Jじゃん！」

俺は手帳の文字を見ながら、固まってしまった。P・Jがここに眠っているのだとしたら、洞窟にあった白骨死体は一体誰なんだ。とにかくP・Jという人物はこの浮いた島に住んでいたということがわかった。できるだけ、集落の道具をカバンに詰め、地上に降りることにした。

どの道具も魔法陣が描いてあるようには見えない。魔道具の剣やナイフを作った人物と墓の人物は違うのだろうか。だとすれば手帳は二人の人物が共同で書いたということか。いや、P・Jの手帳を、魔法陣を使いこなす盗賊がこの島から発掘したということか。謎は深まるばかり。

昼頃になり、鎖を降りる。来る時には感じなかったが、鎖がとんでもなく冷たい。

息を手にかけつつ、魔力で身体を温めながら、鎖を慎重に降りていく。

「ハァ、ハァ……」

体力も魔力も使っているので、神経がすり減り、気力の消耗も激しい。何度も休憩をはさみながら、地面に降りた時には夕方になっていた。

懐に入れていたリーフバードは虫の息で、回復魔法をかけてどうにか息を吹き返させた。

「ピーヨ！」

地上に降りたことで俺たちの気力も戻ってきたが、リーフバードは体が冷えすぎてすぐには動けないようだ。

「少し休もう」

チェルは地面に座って、自分の手を見つめていた。力のなさを痛感しているらしい。

少し休んで体力が戻ったら、リーフバードを手の中で温め、空へ放した。頭上を一周して北へ向けて飛んでいく。

「よっしゃ！　行くぞ！」

うずくまっているチェルを励まして走り始める。脚に魔力を込めてリーフバードを追う。急いで砂漠から脱出しなくては。家まで魔力が持つかわからないが、夜までには脱出しないと、氷点下の気温の中、一夜を明かすことになるだろう。二日連続で眠るのはさすがに気力が持たない。

砂に足を取られ、弱っている俺たちを魔境の魔物が放っておくわけもなく、サンドワームが砂をかき分けて襲ってきた。

「行け！」

チェルにリーフバードを追わせ、サンドワームを魔道具の剣で切り裂く。距離が取れればそれでいい。そう思っていたのだが、しつこかったので結局頭を切り落とし、時間を食ってしまった。空も暗くなり始めているので、早くチェルに追いつかなければ。薄闇の中、チェルが巻き上げている砂煙を目印に、全力で走る。

森の入口に辿り着いた時には魔力切れを起こして意識が朦朧《もうろう》としていた。チェルが魔物を倒しながら、俺を引きずって北へと向かう。

後ろからガサゴソと大きな音を立てて、大型の魔物の群れが追ってきているのがわかる。逃げ切るのは無理そうだ。

どんな魔物かもわからないのに、戦って勝てるとは思えない。俺はわずかに回復した魔力を地面に流し隆起させ、土魔法で穴を開けた。即席の洞窟に入り、入口を埋める。

少しだけ開けてある空気穴に虫が脚をせわしなく突っ込んでくる。チェルが火の魔法で応戦していたので、風魔法にするように言った。狭い空間の中で酸素は貴重だ。

ようやく諦めたのか、脚が空気穴から飛び出してこなくなった。少しだけ安心したと思ったら、急激に眠気が襲ってきた。チェルに寄りかかりながら、俺は意識を手放した。

翌朝、外を覗くと、一面真っ白だった。雪が降ったというわけではなく、木々の間に白い糸が幾《いく》重《え》にも張り巡らされている。昨夜の襲撃者はどうやら蜘蛛の魔物のようだ。

気配はないが危険なので、白い糸を突き破るように土魔法で作った土塊《つちくれ》を放った。土塊は糸に触れるとあっさり弾き返される。すぐにガサゴソという無数の足音と共に巨大な半人半蜘蛛の群れが洞窟のそばに降り立った。

「ヤバイ」

穴を土魔法で完全に塞ぎ、洞窟にこもった。かなり寝たので体力も魔力も十分に回復している。イチかバチかで突っ込む前に、P・Jの手帳を開いてみた。

『アラクネ。上半身が女で下半身が蜘蛛というちょっぴりエッチな魔物。弱点は腹。群れると結構ヤバイ。魔法や罠を仕込んで地面から串刺しにするのがベスト。糸は使える素材なので、絶対回収。上半身は切り離しても結構生きている。いやらしいことに使おうと思うとひどい目に遭う（体験談）』

「P・Jはマジで何やってんだ!?」

とにかく腹が弱点で、罠が必要なようだ。洞窟にこもっていては、どうすることもできない。手帳の隅に描いてあるイタズラ書きのような魔法陣が目に入る。アラクネと同じページにあるということは、きっとこれが、串刺しの魔法陣だろう。

洞窟を一度下に掘り、横に広げていく。掘った穴の天井に、反転させた魔法陣を描いていった。四方八方の地面に魔法陣を仕掛け、入口まで戻る。覗き穴を数箇所開け、アラクネを待ち伏せした。アラクネは糸にへばりついているため、地面に降りてこない。

魔力を込めた土魔法の弾丸を糸に放つと、糸が同心円上に波打つように振動する。結構魔力を込めたのに突き破れないのだから、相当いい素材であることは間違いないようだ。

振動を感知したアラクネたちが地面に降り立った。罠の真上を通ればアラクネの魔力によって魔法陣が起動するはず。期待を膨らませ覗き穴から、チェルと二人で見ていると、アラクネの一体がこちらに向かってやってきた。キュインッという起動音と共に魔法陣が起動。

ボンッ！

地面が爆発した。さらにその爆発が、連鎖的に隣の魔法陣を起動させ、洞窟の周囲に円を描くような爆発が起きる。同時に洞窟の天井が崩れ、俺たちは生き埋めになってしまった。

なんとか地上に這い出すと、辺り一面、焼け野原と化し、そこかしこが抉れていた。凹《へこ》んだ場所には、アラクネの残骸が黒焦げで残り、周囲の木々は焼きつくされ燃えた葉が宙を舞っている。

「落書き怖い！」

「ラクガキダメ、ゼッタイ！」

本当にP・Jのイタズラ書きには絶対に注意しようと思う。チェルが水魔法で、周囲の火をこれ以上燃え広がらないように消していった。アラクネの糸は火に弱いらしく、もうどこにも見当たらない。真っ黒焦げのアラクネから、魔石を回収し、ひとまず立ち去ることにした。

振り返ってみると鬱蒼とした森の中にポッカリと焼け野原ができ、そこだけ空が見えていた。

俺たちは木漏れ日も差さないような森の中をひたすら北へと向かう。

「ハラヘッタ」

「俺もだ」

チェルは空腹で神経が過敏になっているのか、倒さなくてもいい魔物にまで手を出していた。食えない虫系の魔物だと全力で燃やして、先へ進む。

「肉のある魔物、襲ってこないかなぁ！」

結局、食えそうな魔物は襲ってこないまま沼に着いた。すでに日が傾いている。

すぐにハムを焼く準備をする。チェルも薪を集めて、ナイフを研ぎ始めた。洞窟の奥に吊るしてあったハムを厚く切り出し、焚き火でじっくりと焼く。肉汁が滴り落ちるのをよだれを垂れ流しながら待ち、こんがり焼けたハムにガブリと噛み付いた。

「うまぁいぃ！」

「ウマイ！」

塩気と肉汁の旨味が口に広がる。おかわりのハムもむさぼり食った後、チェルがパンを焼き始めた。パンもキツネ色に焼いて一気に口に入れる。ヘイズタートルの肉と骨も残っていたので、スープを作って、ごくごく飲んだ。舌が火傷してもあまり気にならない。

胃に食べ物が溜まると落ち着いてきて、自分たちが汚いということに気がついた。砂漠を旅して、地面の下にいたのだから当たり前だ。沼で、ここ数日の旅で汚れた身体を洗う。

「酒でもあれば美味いんだろうなぁ」

眠ろうとベッドを見ると、ジェニファーが寝息を立てていた。

「おいっ！　お前、何やってんだ!?」

かけていた毛皮を剥ぐと、ジェニファーは怯えたようにこちらを見てきた。服はボロボロで、身体のあちこちが切り傷や擦り傷で怪我している。さらに左手の小指と薬指が折れ曲がっていた。

「チェルー！」

「アレー？　マダイタノ？」

「傷、治してやって」

チェルは「エ～」と言いながら回復魔法でジェニファーの傷を治した。折れた指を元に戻す時にジェニファーが「うぎゃー！」と言ったが、チェルは気にしてなかった。

「それで、なんでまだいるの？」

「出られないんです。森に入った途端、魔物も植物も襲いかかってきて方向もわからなくなって……怪鳥の鳴き声で眠れないし……帰ろうにも帰れなくて……」

魔境の洗礼を受けたようだ。すっかりしょげている。

「あれ？　僧侶じゃなかったっけ？　回復魔法くらい使えるんじゃないの？」

「何度も使いすぎて魔力切れを起こしました」

チェルが俺の袖を引いて「ナンテ？」と聞いてきた。ジェニファーの言っていることがわからなかったらしい。紙に書いて説明すると「フザケ？」と聞いてきた。

「まぁ、いいや。俺たち南の砂漠まで行って疲れたから寝るわ。焚き火の番だけしておいて」

「え？　私が？」

「うん、ここの食料も食べて宿泊もさせたんだから、少しは働いてくれ」

ジェニファーは勝手に燻製肉や野菜を食べていたようで、枕元に食器が残っていた。ジェニファーが俺の寝室から出ていくと、チェルが「ドウスルノ？」と聞いてきた。

「知らん。眠いし寝よう」

朝起きると、ジェニファーは火に薪をくべていた。

「火の番くらいはできるようだな」

「私は、この魔境に来て何もできませんでした。帰ることすらままならない。こんな過酷な環境は初めてです。マキョーさんたちが帰ってきて、ようやく魔物たちも落ち着いたのかこちらに向かってくることもしませんでした」

洞窟でも魔物に襲われたらしい。俺はジェニファーに、麻痺効果のある杖を渡した。

「これで魔物を麻痺させて、殺していけば、入口の小川までは十分行けるはずだ」

チェルもこの杖でレベル上げをしていた。

ジェニファーは杖を受け取らず、突然、土下座してきた。

「宿泊費は必ずお支払いします。私はこの魔境で自分の弱さを知りました。至らぬことは百も承知！　ですが、どうかしばしの間、ここに滞在する許可をいただけないでしょうか。このまま、何もしないまま立ち去っては、何も変われません！」

「変わりたいのか？　追放した仲間に復讐するっていう話はどうした？」

「復讐は自分への言い訳に過ぎません。他に生きる理由もなく、自分の弱さを認めたくなかったから言ったまでのこと。今は恥じています」

ジェニファーは土下座の体勢で顔を上げて俺を見た。ボロボロの僧衣を着たジェニファーからは高飛車な雰囲気が消えている。自分の弱さを認め、急に謙虚になったのかもしれない。

「今の時点でも結構変わったと思うけど、ここで何かやりたいことでもあるのか？」

謙虚になったからといって生きる理由が見つかるわけでもないだろう。世のため人のために生きるつもりなら、こんな魔境にいてもしょうがないんだけど……。

「冒険を教えていただけませんか？」

「はぁ？」

「そもそも私は親に捨てられて僧侶になりました。しかし、教会のシスターにも『自由に生きなさい』と追い出され、その言葉のまま冒険者になったのですが、やっていたことといえばパーティーのバランス調整やサポートばかり。自由なことは一つもしてきませんでした。だから、どうか私に冒険を教えてください。お願いします！」

「それは一人で勝手にやって。俺は冒険してないし、自分の敷地に何があるかくらい知っておきたいから、砂漠とか行ってるだけだよ」

「では、勝手にしばらく厄介になります！」

ジェニファーは立ち上がって頭を下げると、パンを焼いているチェルの方に向かった。

「パンの焼き方を教えてください！」

「ヘッ!? ヤクト、オイシイヨ」

チェルはいまいちジェニファーが何を言っているのかわからないらしく、俺の方を見てきた。

まぁ、女同士仲良くしたらいい。いや、待てよ。なんか同居人が一人増えたぞ。

「あれ？　おかしいな。どこで間違えた？」

俺は腑に落ちないまま、フォレストラットに餌をやり、畑に水やりと雑草を抜きに行く。

数日空けていたので、畑がスイマーズバードに荒らされているかと思ったが、雑草が伸び放題になっていただけだった。そして枯れてしまったかと思っていた野菜がぐんぐん育っていた。

畑の様子を見たら訓練施設に行く準備をする。船造りの工具と、女性物の服を取りに行かなくてはいけない。ジェニファーの荷物はほとんど魔境の植物に食べられ、ボロボロの僧侶の服しか残らなかったようだ。

どうせ行くなら交換材料として杖をもう少し作ることにした。なるべく硬い木を選んで斧で枝を落とす。ナイフで形を整え、チェルが選んだ魔石をはめていく。相変わらず不器用なので形は悪い。

「効果も低いし、サービス品みたいな物だからな」

俺がそう言うと、ジェニファーは「そんなことありません！」と突然声を上げた。

「見たところ、相手の動きを封じる杖ですよね？」

「そうだけど……？」

「デバッファーとしては非常に優秀な武器だと思います。その杖は決して安くありませんよ」

作った俺とチェルは頭を掻いて照れた。とりあえず杖を一まとめにして蔓で縛り、背負子に載せる。

軽めの昼食を食べ、走って訓練施設へと向かう。もちろん、ジェニファーは俺たちの速度に付いてこれないため、留守番だ。

「いってらっしゃーい！」

そう言って手を振るジェニファーが妙に馴染《なじ》んでいた。

「ド、ド、ドウスル？」

チェルはジェニファーを指さして、小声で聞いてきた。

「いや、帰らないんだよ」

「ナンデ？」

「知らねぇ。冒険したいとか言って勝手にいるみたい」

「ジャ、チェルト、オナジダ」

「なんか押し切られてるよなぁ」

魔境との境にある川は、砂漠に比べたらものすごく近い。魔物に遭ったところで殴って追い返すか、チェルが魔法で仕留めるかだ。魔境の入口付近の魔物や植物の行動は読みやすいので強くない。今ならどうしてP・Jがあの洞窟に住処を作ったのかも理解できる。

小川も向こう岸までひとっ跳び。森で遭遇した魔物とは戦わず、訓練施設に向かう。

相変わらず、隊長は畑仕事に精を出していた。手を振って来訪を知らせると、すぐに手を止め、こちらにやってきた。

「そろそろ来る頃じゃないかと思っていたんだ。この前言っていた物は用意してあるよ。こっちだ」

そう言うと隊長は、我々を小屋へと案内してくれた。

「女性物の服と、下着も一応揃えておいた」

「ありがとうございます」

隊長は机に、頼んでいた物を並べ始めた。服は茶系の色が多く、村娘が着るとよく似合いそうだ。

「ちょっとだけ大きめのサイズの女性物の服もありますか？」

「あるよ。一通り揃えておいたんだ。持っていってくれ。あと、これ。船の工具だ」

長い鋸《のこぎり》や鉋《かんな》、ちょうなと呼ぶらしい鍬のような工具、金槌、定規などがあった。

工具をまとめる袋も用意していてくれたようで、袋ごと背負子に載せる。

「また杖作ってきたんですけど、何かと交換できませんか？」

「おおっ。実は前に来た時の杖が高く取引できてね、また作ってくれという要望が出ていたんだ。はめ込んだ魔石も魔境産だから珍しい物が多くてね。もし、この先もたくさん作るようなら、町から商人を呼んだ方がいいと思うんだけど、どうする？」

「いや、今のままで結構です。定期的に持ってきますので、それでお願いします」

「そうか、わかった。それで、他にどんな物が欲しい？」

小麦粉も野菜もまだまだ結構あるし、酒や嗜好品《しこうひん》はそもそも求めていない。

「魔法書とかありませんか？　魔道具を作る教科書みたいなものでもいいのですが」

「それは、また随分と手に入りにくそうなものだね。ちょっと待っててくれ」

そう言うと隊長は、小屋を出ていった。

「イルカ？」

二人きりになった時、後ろにいたチェルが聞いてきた。

「アラクネの時みたいに爆発させるより、ちゃんと学んで、使いこなせた方がいいだろ？」

そう言うと、チェルも納得したようだ。正直この訓練施設に魔法書があるなどと思っていなかったが、戻ってきた隊長の手には本があった。

「いや、魔法陣や魔道具の本はないのだが、初心者の魔法使いに向けた教材があってね。それに、ちょっとだけ魔法陣が描いてあるんだ。ほら」

隊長はその本を見せてきた。確かに、魔法の効果と一緒に魔法陣が描いてあった。基本的な魔法にしか魔法陣は描いていなかったが、それでも系統がわかればありがたい。

「あ、じゃあ、これと交換してください」

「わかった。今後もよろしく頼むよ」

「よろしくお願いします」

隊長と握手をして、小屋を出た。

「次は野菜が採れる頃に来るといい。一ヶ月後にはできているはずだから。何か困ったことがあれば、言ってくれよ。我々にできることなら、なるべくやるから」

「あ、この間、冒険者のパーティーが来たじゃないですか？」

「ああ、いたなぁ。王都から来た奴らだろ？　仲間割れして帰っていったけど、どうかしたかい？」

「そのパーティーの僧侶が魔境に居着いちゃって……」

「へぇ～、倒れていた娘だね。うちの隊員の中でも人気だったが、そうかぁ。魔境に行ったかぁ」

「しばらくしたら追い出すので、こちらで迷惑をかけるかもしれません」

「ああ、いいよ。魔境に行きそこねた冒険者の世話はよくやってるから」

「すみません。ありがとうございます」

人のいい隊長は手を振って、見送ってくれた。

とっとと走って洞窟に帰り、本を読む。なんとなくだが、P・Jの魔道具の武器にどんな効果があるのかわかるものがあった。

ジェニファーが作った晩飯を食べ、チェルと共に魔力操作の訓練をして寝床で本の続きを読む。火や水の魔法陣くらいだが、まったく理解できないよりましだ。

「本ばっかり読んでますね。魔物は倒さないんですか？」

寝転がっている俺にジェニファーが声をかけてきた。

「倒したきゃ、倒してきてくれ。それぞれ、違う冒険をしてるんだからな」

「それもそうですね」

ジェニファーは去り際に「私の分の服まで、ありがとうございます」とお礼を言ってきた。

「ついでだ」


早朝。チェルの焼いたパンを食べ、フォレストラットへのエサやりと、畑の水撒きを済ませる。

その後、船造りに使う木を選び工具を使ってみることに。いい感じで乾いたと思っていた木を鋸で切ってみたが、中はあまり乾いていなかった。木材の乾燥はもっと時間がかかるらしい。

午前中はP・Jの武器や防具を鑑定していくことに。初心者用の教本を片手に魔法陣の種類別に分けていく。火、水、土、風などの魔法陣についてはわかったが、ほとんどの魔法陣が鑑定不能で、今後のために描いてある魔法陣は紙に写し取っていく。その紙の束だけでも、初心者用の薄い魔法の本よりも厚くなってしまった。

ジェニファーが起きてきて、俺たちが残した朝飯を食べ、杖を片手に単独で森に入っていった。

「とにかく迷惑がかからないくらいには強くならないと」

そう言っていたものの、オジギ草に噛まれ大怪我を負って帰ってきた。

「ア～、モットミロ」

チェルは回復魔法をかけてやりながら、「周囲に注意しながら歩け」ということを教えていた。

「でも！　魔物の動きを見ようと身を潜めれば植物に噛まれるじゃないですか！」

この魔境は、他の地域と違う植生や魔物がいるので、遭遇したらその都度《つど》覚えていくしかない。

チェルは面倒見が良く、ジェニファーと一緒に森に入り、危険な植物を教えてあげていた。

俺は相変わらず教本を見ながらペーパーワーク。俺が使っている魔法拳は自分の肉体を強化する強化魔法の一種だが、使い手はどこかの山中で修行している僧侶にしか受け継がれていないらしい。

「修行僧みたいな生活をしていたのか」

周辺の森に入っていた二人がジビエディアを狩って帰ってきたので昼飯にする。チェルはほくほく顔だが、ジェニファーは顔がこわばっていた。木に吊るして、一気に解体。内臓や血も無駄なく桶やバケツに溜め、後でソーセージでも作る。ジェニファーは「ウッ」と、耐えていた。

「冒険者だったんだから、解体くらい見ていただろ？」

「王都では肉屋がありますから。討伐した魔物は討伐部位を切り取って冒険者ギルドに納品してましたし……」

「ここにいる気ならいずれやることになるから、見て覚えておいた方がいいぞ」

昼寝の後、砂漠での失敗などを思い出しながら、再びペーパーワーク。今度はP・Jの手帳を読み込む。魔物に関する情報を暗記し、描いてあった魔法陣を、紙に描いて試していく。すると、いくつかの魔法陣で効果のわからないものが出てきた。

魔力を込めても、何も起きない。試しに、葉っぱを魔法陣の上に置いて魔力を込めると、突然葉っぱが消えた。石を置いても岩を置いても、やはり消えた。転移の魔法陣か、それとも空間魔法の一種か、消失の魔法陣という可能性もある。

時魔法の魔法陣も見つかった。どうしてわかったのかというと、魔法陣の上の緑の葉っぱが黄色く変色して枯れたのだ。その魔法陣に似ている魔法陣を探していき、便宜的に時魔法に分類する。

「マキョー！」

沼に行っていたチェルが帰ってきた。見れば、服が血だらけである。

「その血、どうしたんだ？」

「エ？　ああ、ヘイズタートルの。ソレヨリ、これナンダ？」

雷紋《らいもん》が施されたドーナツ状の石を見せてきた。人工物であることは間違いないが、魔力を込めても何も起こらない。P・Jの手帳の遺跡のページを見てみると、遺跡の一部に同じような雷紋が描かれていた。どこで拾ったのか聞くと、沼の底にあったという。沼に遺跡が埋まっている可能性が出てきた。俺も調査しよう。

「ジェニファーニ、泳ぎかた、オシエテタ」

一緒に潜っていたジェニファーは、疲労で立てないらしい。

チェルが洗濯をしていたので、夕飯は俺が作ることに。ジェニファーが帰ってこないので呼びに行くと、大人と同じくらいの大きさがあるビッグモスと戦っていた。

「どうして？　麻痺が効かないの⁉」

杖を振り回しているが、魔物にいいように遊ばれている。俺はその辺に落ちていた小石を、ビッグモスに投げて追い払った。

「はぁっ！　ありがとうございます！」

「飯だぞ。魔力の管理は気をつけた方がいい。魔力切れを起こして気絶すれば魔物に食われる。俺もこの前死にかけたからな」

「マキョーさんでも、死にかけるんですか？」

「ああ、ここではよく死にかける。さ、飯が冷める前に食おう」

「はい！」

元気よく返事をしたジェニファーだったが、足がプルプル震えている。王都の冒険者も形無しだ。

夕飯はジビエディアの肉をふんだんに使った肉野菜炒めである。味付けは塩と山椒《さんしょう》だけ。

「ウマイ！」

食後に軽くチェルと組手。今日はずっとジェニファーの面倒を見ていたので、身体がなまっているらしい。ジェニファーは疲れたのか飯を食べてすぐに寝ていた。

翌朝は日が出てから起き出して、沼へ向かう。しっかりと準備運動をして服を脱ぐと、自分が以前より筋肉質な体型になっていることに改めて気づく。娼館通いで自堕落な生活を送っていた男とは思えない。準備運動をして、耳栓代わりに繊維質な葉を耳に詰めた。

深呼吸して光魔法を腕に纏わりつかせ沼に潜る。魚の魔物がやたらと近づいてきたが、基本的に害がない魔物に関しては何もせず、向かってくるものだけ倒していった。

沼の底に着いた辺で息が限界になる。魔法で水流を生み出し急いで沼の水面へ上がった。

「ぷはーっ！」

沼の底から水面に出ると太陽がまぶしい。

大きく息を吸い、水流を生み出して一気に沼の底に戻る。水流を生み出してしまったせいで底の泥が舞い上がり、視界を塞いでしまった。こういう時は逆転の発想。泥の下に遺跡があるかもしれないので、どんどん水流を生み出し底の泥を掘り進める。息が続かなくなったところで沼から上がった。

「ヤケに、ナッタカ？」

「遺跡があるかもしれないと思って、底を掘ってみたんだ。水がキレイになったら、また潜るよ」

魔境の入口の小川へ行って泥だらけの身体を洗っていると、グリーンタイガーが近寄ってきた。今では特に脅威でもない。襲ってきたとしても腕力や魔力でどうにでもなる相手だ。

グリーンタイガーは俺を無視して川向こうを睨みつけている。森の木々がざわめき、何かが来る。ワイルドベアか、それともベスパホネットか。

ぬぅっと現れたのは、大きなリュックを背負い、フードを目深にかぶった人間だった。全身を覆うコートにマスクもしているため、男女の区別もつかないが、鋭い眼光だけが見えている。

グリーンタイガーが唸り声を上げ、スライムもじっと動かずに、攻撃の機会を窺っているようだ。

「こんちは。魔境に何か用ですか？」

「すす、すまない。魔境に住む者がいると聞いてやってきた。そそそ、そのトラは川を越えるか？」

「たぶん、越えないと思います」

俺がグリーンタイガーの顎を撫でてやると、ゆっくりと魔境のジャングルへと帰っていった。

それを見て、フードの人が小川に一歩踏み出した瞬間、スライムが噛み付いていた。スライムはリュックごと川に引きずり込み、頭から齧りついていた。助けを求める声が聞こえるが、完全に自業自得なので、少し成り行きを見守ることに。一旦、溺れさせてからの方が助けやすい。

川面から飛び出した手が力を失ったのを見て、スライムを引き剥がし、フードの人を森の岸の方に運んだ。

「ガハッ！」

フードも破けて、口から水を噴き出した。顔色が悪いが、かなりの美人で貴族だと言われても疑わない。ただ髪型は横を刈り上げたモヒカン。眼光の鋭さもあり、悲壮感が漂っている。

「魔境に来るなら、もう少し強くなってからの方がいいぞ。スライムにやられているようではどうにもならない」

「すす、すまない。魔境産の杖が上質だと知って、かかか、買い付けに来たんだ」

「そういうことか。今のところ、軍の訓練施設にしか売ってないんだ」

「たたた、頼む！　杖を、杖を売ってくれ！」

俺の腕を掴み、必死な形相《ぎょうそう》で頼んできた。スライムに負けるほどの人が森を抜けて、魔境まで来るのは結構大変なのはわかる。ただ、俺が適当に作っている杖にそれほど価値があるのか？

「売るのは構わないけど、取引できる物はあるのか？　断っておくけど金銭はいらないよ」

「りゅりゅりゅ、リュックの中身を見てくれ。どうにか取引できる物はないか？」

リュックの中には、貴族が着るような服や短剣、本などが入っていた。服も短剣も特に魔道具というわけではないらしい。本は歴史書のようだ。

「この本はどこの歴史書だ？」

「こ、こ、こ、この辺りの歴史が書いてあるはずだ。本当かどうかわからないことも多い。空飛ぶ島があるとか、山よりも高い魔物の話とか、作者の想像が結構入っている」

それはたぶん、事実だな。巨大魔獣はＰ・Ｊの手帳にも記されていた。山より大きいなら、避難した方がいいか。

「この歴史書なら、杖一〇本と交換してやる」

「つ、つ、杖一〇本!?　本当か!?」

「ああ、他にも似たような本があれば、交換してやるが？」

「い、い、今は持ってきていないが、探せばあるかもしれない」

「なら、この本はもらっていく。次来た時に杖を一〇本用意しておく」

「ま、待て！　それではこちらがあまりに不利だ。いつまたここまで来られるかわからない」

確かにそうだ。だが、腹も減ったし、いつまでもパンツ一丁でいたら風邪を引いてしまう。

「お前、秘密は守れるか？　魔境で見たことは口外禁止。これが守れなければ、取引はなしだ」

「わわわ、わかった」

とりあえず、目隠しをさせて、リュックごとフードの人を背負った。素肌の背中に柔らかいものが当たった。森を抜け、一気に我が家である洞窟へと帰る。

「ナンダソレ？」

パンを焼いているチェルが聞いてきた。

「取引相手を拾ったんだ。杖が欲しいんだと」

「ままま、魔族！」

フードの人は目隠しを外していた。

「見ちゃったかぁ」

「ナンダ、ヤルカ？」

チェルが魔力を右手に集中させて、無数の火の槍が空中に浮かぶ。

「待て待て！　魔境で見たことは一切口外しないことになっている。そうだな？」

「そそそ、そうです」

物音に気がついて、ジェニファーが洞窟の外に出てきた。

「あら？　その方はどなたですか？」

「商人だ。魔境産の杖を買い付けに来たらしい」

「そうですか。ん？　どこかで見た顔ですね」

フードの人は「よよよ、よくある顔だ」とジェニファーから顔をそらした。

「ジェニファー、交換品を見てやってくれるか。正直、俺には価値がよくわからないから」

「構いませんよ」

ジェニファーはリュックを受け取って「ずいぶん濡れてますねぇ」とぼやきながら、リュックの中の物を地面に並べていった。以前、消耗品の管理をしていたとのことだが、手際がいい。

「チェルは魔石を選んでやってくれ。少し座って待ってな」

俺は長い枝を選びながら、フードの人に切り株を勧めた。

「すす、すまない！」

緊張しているフードの人は切り株に座り、周囲を見回している。「ギョエェエエエ」というインプの声が遠くから聞こえてくると、フードの人は腰の小刀に手をかけて立ち上がった。

「なぜ杖が欲しいんだ？」

「こここ、この魔境から西に行った場所で賊が反乱を起こし、鎮圧のため強力な武器がいるのだ」

「内乱か。そりゃあ、儲け時だな」

「ななな、なんだと!?」

「商人なんだろ？」

「うっ！　そそそ、そうだ」

ただの商人ではなく、訳アリのようだ。

「マキョーさん、ちょっといいですか……？」

「なんだ？」

「品物の質が良すぎます。貴族の馬車でも襲わないと、ここまでの物は用意できないかと……」

ジェニファーが小声で俺に教えてくれた。

「盗賊か？」

俺はフードの人を見ながら、ジェニファーに聞いた。

「おそらく……。ただ、どこかで会った気がするんですよ」

「なら、高ランクの冒険者が盗賊にでも鞍替えしたか？」

ジェニファーは頷いた。高ランクの冒険者が、わざわざ盗賊になる必要なんてない。

「こちらもチェルを見せてしまっているからな。盗賊でも取引はするが……」

「とととと、盗賊ではない！」

俺の言葉が聞こえたようで、フードの人が立ち上がった。

「じゃあ聞くが、この商品はどこで手に入れた物だ？」

「わわわ、私はイーストケニアの貴族だ。領主の叔父《おじ》に武器の買い付けを命令されて、ここへ来た」

「なるほど！　どうりで見たことがあると思った！」

「どういうことだ？」

「イーストケニアはこの魔境から一番近い場所です。というか、一般的にはこの魔境もイーストケニアの領地だと思われているはずですよ」

「その領地で内乱が起こったから、貴族の娘が武器を買い付けに来たのか。いや、逃げろよ」

「いいい、イーストケニアの民に逃げるという選択肢はない」

「エルフの国と近いイーストケニアは良く言えば勇猛果敢、悪く言えば野蛮なんです」

「初めて聞いたな。でも、それって買い付けっていう理由でもないと家族を逃がせないってことだろ？　叔父さんが逃がしてくれたんじゃないか？」

「そそそ、そんなはずはない！　私はイーストケニアきっての女戦士だぞ！」

「そうなのか。いや、気を悪くしたのなら謝るよ。盗品じゃないなら取引ができるな」

どうにか言い訳をして、ジェニファーと貴族の女戦士に商談をさせた。チェルが選んだ魔石で、水魔法が出る杖や麻痺させる杖を作った。殺傷能力がある杖ではなく、冒険者たちを鎮圧できればいいのだから十分だろう。

「ん、できたぞ」

貴族の女戦士に杖を二〇本渡し、向こうは歴史書や服などを渡して取引成立。俺は貴族の女戦士を入口まで送っていった。

「頑張ってくれ。それから魔族のことは誰にも言うなよ。いいな？」

貴族の女戦士は何度も頷いて、無事に小川を渡り帰っていった。

洞窟に戻って夕飯。そろそろ沼の舞い上がった泥も落ち着いている頃だろう。

「私は、オジギ草を刈り取って少し道を作ります。人の往来がないとマキョーさんも家賃が取れないでしょうし、両替商が来れば私の家賃も払えますからね」

「好きにしてくれ」

食器の後片付けをしてから沼に向かった。

下着姿になり、大きく息を吸って、ドボンっと沼の中へ。沼の底には、巨大な骨が埋まっていた。家と同じほどの大きさの大腿骨。チェルの身長と同じほどの犬歯。大きな魔物の死骸が何体も沼の底に眠っていたらしい。大きすぎて歯と指先の一部の骨しか持って帰ることはできなかった。

完全に日が落ちたので帰宅する。水の中にいたせいか、かなり体力を使っており、焚き火で身体を乾かしていたら眠ってしまった。


翌日は沼に入らず、家で歴史書を読みつつ、ドーナツ型の石を調べる。チェルが拾ってきた雷紋が描かれた石は鍵など特別な物なのだろうか。見た目も触感もただの石なのだが、衝撃などを与えても一切傷がつかない。遺跡の手がかりはこれだけ。

歴史書からは次のような魔境の情報が得られた。
・この魔境は昔、国であったこと。
・突然、なんの前触れもなく人が大量に消える事件があった。
・空飛ぶ島は巨大な魔獣に食べられてしまったらしい。
・鹿が神の使いとされる宗教があったらしく、語り継ぐことが何より重要だった。
後は、天変地異が起こりまくっていたらしく、フォレストラットの大発生やバッタの魔物による蝗害《こうがい》など、魔物に起因する災害も多かったみたいだ。アラクネの大量発生もあったようで、森全体が蜘蛛の巣だらけになったこともあるという。

今のところ、特に問題なく過ごせているのでいいが、シェルターが必要かもしれない。

「この洞窟自体がシェルターだったのかもな」

魔境以外の情報で気になったのは、昨日来た女戦士がいるイーストケニアは肥沃《ひよく》な土地であったため外国から狙われることが多く、度々反乱や政治的な乗っ取りの被害に遭っているという。時には強制的に追い出されることもあったらしく、本には領地奪還した英雄が何人も出てきた。

隣の領地で冒険者が内乱を起こしたと言っていたが、訓練施設の隊長も駆り出されているかもしれない。当面、取引ができなくなることもあり得る。

「面倒だな」

「メンドウ?」

昼飯を食べながら、チェルに隊長と取引ができなくなるかもしれないことを説明してやった。

ジェニファーも「馬鈴薯《ばれいしょ》や豆を早急に育てた方がいいですかね?」などと提案してきた。

「コマルカ?」

服や本が手に入らなくなるし、船で使う部品だって揃えられなくなると説明した。

「隊長を助ケナケレバ!」

「じゃ、朝飯食ったら、ちょっと様子見に行ってみるか?」

「ウン」

「私は、畑の様子を見に行きます」

ジェニファーは今回も留守番。足手まといであることを、本人もわかっているので、無理せず畑の害獣を倒してレベル上げをするという。

急いで準備をして訓練施設へ向かう。距離は離れているが大して時間はかからないご近所さんだ。

畑では相変わらず、隊長とその部下たちが作業をしている。

「あれ？　どうした？」

こちらに気づいた隊長が手を上げて近づいてきた。

「いや、昨日貴族の女戦士だという奴が来て、近くの領地で反乱が起こっていると聞いたから、心配になって見に来たんです」

「見ての通り駆り出されちゃいないよ。ここは辺境も辺境だからな。冒険者たちの反乱については聞いているが、そうか、貴族の娘が魔境まで入りこんだか……。昨日、魔境に来たのか？」

「ええ、そうです」

「なら、まだ森の中にいるな」

確かに、前の俺なら森を抜けて魔境に入るのに一日はかかった。

「やはり、魔境に住んでいると、身体能力が上がりやすいのか？」

「その分、命を落とす危険は高いですけどね。あまり誘惑がないし、やれることは限られているので、自然と順応していってますけど」

「そういうもんか。まぁ、魔境に行った女戦士に関しては、こちらでも探しておくよ。反乱については、たぶん鎮圧されているとは思うが、君たちが心配することでもないだろう。この訓練施設の連中もよっぽどのことがない限り動かないから、今まで通り、時々、物々交換してくれ」

「了解です。もし他の冒険者なんかに会ったら、魔境は私有地なので勝手に入って死なれても困ると言っておいてもらえますか？」

「わかった。ここを通る人間には伝えておく。入口に看板でも立てた方がいいかもしれないよ」

「そうします。では」

「あ、それだけか。この間のハムがとても好評だから、また持ってきてくれると嬉しい」

「了解です」

畑で作業をしている軍人たちも手を挙げて挨拶をしていたので、チェルが手を振っていた。

帰りは、貴族の女戦士が森にいないか探しつつ帰ったが、見当たらなかった。

魔境に入って家まで帰る途中に豪雨に遭った。慌てて家に帰ると、ジェニファーが袋に土を詰めて土のうを作っていた。

「このまま雨が続くと畑が水没してしまいます！」

「マキョー、地面をアゲナイト」

「おう、ちょっと行ってくる！」

びしょ濡れのまま、俺は外に飛び出し、沼のそばにある畑へと向かった。

ジェニファーの言う通り、沼の水位が少し上がっている。俺は地面の中に流れる魔力に干渉し、隆起させた。ただ畑を隆起させた分、周囲の標高が下がり沼の水が流入。畑が島と化してしまった。

「これじゃあ、畑を広げられないな」

魔物対策よりも、立地を考えて畑を作らなくてはいけなかったようだ。

「ダメだ」

家に帰り、皮の鎧を外して着替えながら言った。

「水没してました？」

顔を泥だらけにしたジェニファーが心配そうに聞いてきた。もう土のうは作っていない。

「いや、畑は守ったけど、周辺が水没した。これ以上畑を広げられない」

「タイチョーにタヨルカ？」

「ああ、野菜や小麦粉は交換で手に入れていくしかないな。もっと魔境の植物で食べられる物を探そう。これだけ多様化してるんだから食べ物は豊富なはずだ」

その日はずっと雨が降り続いていたので、フォレストラットの世話をして過ごした。

【巨大魔獣襲来！】

昨日から降り続いている雨が止まない。むしろ激しさは増すばかり。ハリケーンと言ってもいいくらいだ。俺たちはずっと洞窟にこもりっぱなし。結局、女戦士はちゃんと帰れたのだろうか。こんな豪雨じゃ、軍の訓練施設で足止めなんじゃないか。

とにかく外に出られないのでP・Jの手帳を読みながら、自作の魔道具を作ることに。チェルは新しいパン作り。森で採れたキノコを入れたいらしく、試行錯誤をしていた。

ジェニファーは武器や食料の在庫整理。量はないので終わったらチェルに魔法を教わっていた。

「さて、何を作るかな」

鍛冶窯がないので木に魔法陣を彫るくらいしかできない。とりあえず、アラクネを焼いたあの爆発の魔法陣を練習してみた。木の板に魔法陣を彫り枯れ葉の下に仕掛ければ、大型の魔物を捕るのにもってこいだった。片足を吹き飛ばし、出血しているところを襲っていこうと思う。とはいえ洞窟で誤爆などしたら即死なので、未完成のまま いくつも作り上げる。使う時に一本線を足せばいいだけ。他にも畑に設置するためのスプリンクラーになるような魔法陣が描かれた板を作った。

昼飯はチェルの失敗したキノコパン。塩の分量を間違えたのか塩辛かった。

ズン……。

地響きが聞こえてきたのは夕方だったと思う。空が暗く時間の感覚が曖昧《あいまい》になる。

もしかしたら沼の向こうの川が決壊でもしたのかと思って外に出てみると、巨大な黒い山が沼にそびえ立っていた。

「な、なんだぁ⁉」

「なんですかぁ、あれは⁉」

「マキョー！」

ズン……ズン……ズン……。

巨大な山は動き始め、南へと移動を始めた　あの山がP・Jの手帳に書いてあった三ヶ月に一度やってくるという巨大な魔獣だとしたら、今まで魔境で見てきた魔物などダニやノミと変わらない。

巨大な魔獣の周囲には強風と雷が断続的に降り注いでおり、雷光と雷鳴が魔境中に広がっていく。

洞窟の上に立って山のような魔獣の行方《ゆくえ》を追うと、南の森では竜巻が起こり、木々や魔物が空に舞い上がっているのが見えた。あんなものに対抗できるはずがない。ただの災害じゃないか。

俺たちは息を潜めて、その巨大な魔獣をやり過ごすことしかできなかった。

「あれは、どこから現れたんだ……？」

未だ、ズン……ズン……という地鳴りのような足音を聞きながら、俺たちは洞窟に戻った。幸い我々の住処である洞窟は、巨大魔獣の進む方向から大きく外れているため被害はないが、もしこちらに向かってきたら、と思うと恐怖以外の何物でもない。そう思っていた矢先、魔物が洞窟の目の前に降ってきた。

砂漠の魔物の大型ミミズの魔物が丸焦げでプスプスと煙を上げている。さらに家ほどもあるサソリの魔物。アラクネの家族。ワニの魔物。全て丸焦げで洞窟周辺に次々と落ちてきた。

砂漠や森に棲んでいた魔物たちが竜巻で巻き上げられ、雷で焼かれたようだ。

洞窟がある崖の上にフィールドボアの丸焼きが落ちて、洞窟の天井の一部が崩れた。このままでは生き埋めだ。俺たちは洞窟から出て一時避難。雨は降り続いているので、どこに避難してもずぶ濡れだ。

魔境の魔物たちも巨大魔獣から逃げ出している。インプたちが「ギョエェエエ！」と鳴きながら、北へと向かっていた。ヘイズタートルたちも鈍足ではあるが北を目指している。俺たちも北へと向かい、ひたすら走り続けた。ジェニファーは早々に身体が冷え、俺の背中に乗った。

「すみません！」

走りながらジェニファーと自分の身体を紐で縛った。踏み出す足の先の地面が揺れたかと思うと、パックリと口が開いたように地割れが起こり、木々を呑み込んだ。

「チェル！　魔力を使え！　全力で離れるぞ！　ここにいちゃいけない！」

足に魔力を込めて走り続けた。折れて飛んでくる樹木を片手で防ぎ、前へと進む。脚が棒になろうと走らなくては地割れに呑み込まれてしまう。ひたすら北へと走り続けていると、森が切れ、山岳地帯の荒れ地へと辿り着いた。

「マキョー！」

チェルが限界のようで叫び声を上げた。豪雨は荒れ地まで及んでいて、鉄砲水が至る所で起きている。荒れ地の東側では湖ができあがっていた。空を飛ぶデスコンドルたちは雷に打たれ、煙を上げながら墜落してくる。

まるで世界の終わりの景色のようだった。荒れ地から一旦森に戻り、身を潜める場所を探すしかない。

夜を迎え、辺りは完全な闇と化している。時々、起こる雷光の明かりを頼りに、俺は森の中をさまよい歩いていたが、突然それまで踏んでいたはずの地面が消え、穴に落ちた。

「きゃぁっ！」

背中のジェニファーにも衝撃があったはずだが、息はあるようだ。見上げれば丸い穴がぽっかり開いている。

「古井戸か？　昔、魔境に住んでいた人たちの遺跡か……。いてっ！」

立ち上がろうとしたが、足首の骨が折れてしまっていた。ジェニファーと身体を結ぶ紐をほどき苔が生えた壁に背中を預けた。とりあえず雨風はしのげる場所だ。

「マキョー？」

井戸の上からチェルの声がする。

「生きてるぞ～！」

チェルは枝を集めて、井戸の底に落ちてきた。

「カミナリ、カミナリ」

地上より地下の方が落ち着くらしい。チェルが枝に火をつけると、井戸の底が明るくなった。

「死ぬかと思いました。すみません！　足手まといで」

ジェニファーの頬に涙が流れた。

「まだ助かってねぇよ」

ズン……ズン……。

荒れ地まで来たというのに巨大魔獣の足音が聞こえる。

火を見つめながら、自分の足に回復魔法を使おうとしたら、突然、意識が飛んだ。

◇　◇

「オキテ……」

チェルが服を引っ張って、俺を起こした。

「んあ？　どうした？」

「マキョー、オキテ！」

どうやら数時間寝ていたようだ。

「いててて。あれ？　治ってる？」

折れた足首をかばい立ち上がろうとすると痛みがない。

「回復魔法が効いたようですね」

古井戸の底には真上から光が差し込んでいた。

夜が明けたらしい。嵐も止んでいる。巨大魔獣の足音も聞こえない。

「コッチ！　コッチ！」

俺が起きてもチェルは服を引っ張ってきた。

「なんだよ」

チェルは無理やり俺を立たせてから、光の当たらない井戸の奥へと走っていった。枯れ井戸の底には通路があるようだ。

「この井戸はなんだ？　地下水脈でも通っていたのか？」

前を行くチェルの先には緑色のぼんやりとした光が見える。魔石灯の明かりのようには見えず、発光する苔か植物でもあるらしい。

「キレイネ～」

通路の至る所に発光したキノコが壁から生えていた。チェルは酒瓶サイズの光るキノコを見ながら感動している。ジェニファーは怯えているのか声を発していない。

「触るなよ。痺れたら置いていくからな」

光るキノコの先に進むと、突然大きな空間に出た。

「地底湖か……」

目の前には暗い湖が広がっている。光るキノコの明かりは三メートル先くらいまでしか届かないが、声を発すると反響する。闇の中で何かが蠢《うごめ》いている気がして気味が悪い。

「マキョー！」

チェルが石を俺に見せてきた。沼底にあった雷紋が施されたドーナツ型の石とそっくりの石だ。

「あの石と同じ物だろうな。なんだと思う？」

「ワカラナイ、でも、ガイコツ持ッテタ」

チェルが指さす方向には、ローブを着た人の骨が座禅を組むように座っていた。

「ミイラだな。まだローブに何か隠しているみたいだ」

「エーッ、キモチワル！　呪ワレル」

実体があるなら問題はない。俺は骨からローブを脱がし、ポケットを探ると「旅のしおり」という初心者の冒険者が読む冊子が出てきた。紙の質が悪く、黒いカビも生えている。

「これ冒険者の『旅のしおり』ですよね？　私も持ってます。かなり古いデザインのようですね」

中身は、俺が冒険者ギルドに入った時にもらった冊子とあまり変わらない。ただ、雷紋が施された石について、『ダンジョンの鍵は失《な》くさないように』と挿絵付きで書かれている。

「この石はダンジョンの鍵なのか？」

「ダンジョン？　イッタコトアルカ？」

「ないよ。そもそも俺がそんなに真面目に冒険者をやってたと思うか？」

「私はありますよ。何日もかけて仲間と共に魔物を倒しながら奥へと進んでいくんです。王都では私たちが最奥へ行ったパーティーでした。でも、こんな石は見たことありません」

「ん？　最後のページになんか書いてあるなぁ」

『魔獣にダンジョンを盗まれた、終わりだ』

ダンジョンって盗めるものなのか。もし、このローブを着た人物がダンジョンマスターだったとして、あの巨大魔獣にダンジョンを盗まれるなんてことがあるのか。

「ダンジョンって盗めるのか？」

「無理ダロ」

「だよな。もうここに用はない。出よう」

いい加減この地底湖から出ることにした。出る際、俺は一度だけ振り返って地底湖に向かって「おーい」と叫んでみた。声は反響し、巨大な空間であることを改めて確認した。

「ダンジョンを盗むか……。一体どんな方法で……」

「マキョー、早ク！」

魔法で身体能力が強化されたチェルはあっさり俺を井戸の中から地上へと投げ飛ばした。


地上は快晴。まるで昨日の嵐が嘘のようだ。巨大な魔獣の気配すらない。

ただ自宅の洞窟に向かっていると、昨日までの森とは明らかに違う。木々が倒れ、魔物の死体や血の跡が至る所にあった。魔獣の足跡と思われる池の中には魔物と植物が押し潰されていた。今まで森だった場所が池の底になり、川が隆起し底にあった水草が乾き始めている。

歩いていると崖崩れが起こり、目の前を家屋ほどの岩が転がっていく。

「あぶねっ」

移動するにも地形が変わりすぎていて、時間がかかった。魔物たちにも遭遇したが、うずくまって動かないものが多い。動くと何かが降ってきたり、地面が揺れたりするからだろう。

グーッと、チェルの腹が鳴った。

「そういや、昨日から何も食べてなかったな」

至る所に魔物の死肉はあったし、動かない魔物もいたが、どうしても食べる気にはなれない。この魔境全体が巨大魔獣による被害者だ。今は理不尽に奪わなくてもいいだろう。

結局、雑草と魔物の死体を噛んでいたカム実を割って食べた。泥水も飲むしかなかった。

「とりあえず、崩れていても家まで辿り着ければ、どうにかなるだろう」

「ウン」

「薪を集めないとですね。湿ってるから火がつきにくそうです」

間もなく日が落ちる。今夜は森の中で野営するしかなさそうだ。


交代で火の番をし、夜が明けたら、焚き火を消して再び洞窟に向かう。

チェルは、朝早く起きて木の実やリスの魔物を焼いて葉に包んでいた。休憩中に食べるのだとか。生きる能力が高い。

とりあえず俺たちは南へと歩き出した。周辺は霧に包まれ、遠くまでは見通せない。しかもどんどん濃くなっていく。

「マキョー、白イ!」

「何か出そうですよ」

チェルとジェニファーは怯えていた。この先にどんな魔物がいるのかわからないため、無理をして進むのは危険だ。ただ、こんな森のど真ん中で魔物に囲まれてもどうすることもできない。

「マキョー、アレヤッテ、ズオォオオッテ!」

地面を隆起させろと言っているらしい。俺は一気に地面を引き上げ、小さな山を作った。周囲の木々はバキバキ折れたが、仕方がない。しばらく小山の上で待機。魔物が登ってきたら撃退していると、徐々に霧が晴れてきた。

「今のうちに一気に行こう！」

いつ倒れるかわからない木々の間を通り抜け、崖崩れに埋まった魔物たちの屍《しかばね》を越えて南へ突き進んだ。

沼に辿り着いたのは昼頃。すでにジェニファーは限界を迎えており、俺の背中に乗っている。

そこから大きく迂回《うかい》して自宅である洞窟へ向かうのだが、沼の近辺はそこら中に魔物の死体が散らばり、荒れ放題だった。植物はたくましく、死肉を食らう大きなオジギ草が何本も天高く伸びている。スイミン花も一気に広がり、目に見えるほど紫色の花粉が飛び、息ができない。

口を塞ぎつつ風魔法で花粉を避けながら、ようやく洞窟に辿り着いた。

「ア～チャ～！」

戻った我が家は完全に岩や瓦礫《がれき》で埋まってしまっている。あまりの惨状に疲れが一気に襲いかかってきた。「巨大魔獣は災害だ」と、改めて認識させられた。

ただ、このままでは寝ることもできないので、炎天下の中で瓦礫を撤去する。

夕方近くまで同じ作業をしていたら、魔物の鳴き声が聞こえてきた。フォレストラットの家族は岩の隙間に入り込んでどうにか生存していたようだ。鍋や砥石なども見つかり始めた。ハムは雨に濡れて腐り始めていたし、塩を入れた壺も割れてしまっている。

「小麦モダメ～！」

泣きそうな声でチェルが肩を落とした。鉄の剣も曲がってしまっていた。

「とにかく掃除しましょう。まずは住める状態にしないと」

ジェニファーが声をかけてくれるのだが、一番動いていない。

「ジェニファー、もうちょっと体力つけような。じゃないと本当にこの魔境でやっていけないぞ」

「はい……」

夜になり、篝火を焚きながら家の中の泥を掻き出した。ようやく大人三人が眠れるスペースを作ると、チェルから先に眠ってしまった。

「すみません、限界です……」

弱いなりにも懸命に働いたジェニファーも、倒れるように眠った。

「くそ。風呂に入りたいけど、ダメだ。睡魔に負ける」

そう言って、俺も眠ろうとしたが、胸ポケットで何かが動いた。取り出して見れば、以前、女冒険者のゾンビが持っていた古い金貨だった。

「金貨が動いた？」

ドクン…ドクン……。

まるで心臓が動くかのように、金貨が膨らんでしぼんだ。

「あれ？　まだ俺、眠ってないよな」

一度目をこすって金貨を見たが、やはり膨らんだりしぼんだりしている。

「もしかしたら、埋めたはずのゾンビの死体が流されたのか？」

外に出たが月明かりくらいしかなく、ほぼ暗闇で何も見えない。こんな時分に魔境を出歩くのは危険だ。女冒険者の霊が俺を呼んでいるのかもしれないが、今夜はやめておくことにした。

「悪いな。今日は疲れてるんだ。あっ！」

手の中にあった古い金貨が跳ね上がって、地面に転がった。

「待て待て待て！」

俺の持ち物の中でも値が張りそうな金貨が、転がっていくのを追いかける。

金貨は沼の方へ転がるが、女冒険者のゾンビを埋めたのは魔境の入口の方だから方向が違う。睡魔でまぶたも重たくなっていたが、月明かりに光る金貨だけは見えていた。

「どこまで行くんだよ」

金貨はコロコロと転がっていく。何度も進路を塞ぎ止めようとしたが、まるで生きているかのように躱されてしまう。結局、金貨を追って沼の辺りまで来てしまった。

チャポン。

金貨が沼に入ってようやく止まった。

「なんだっていうんだよ」

沼から金貨を拾い上げると、目の前の水面に白いエルフの女が立って、こちらを見ていた。女の向こう側が透けている。明らかに肉体はない。

「そこか……」

白いエルフの女はそう言って、振り向いて水面を歩いていってしまった。身の毛がよだつとはこのことだ。俺は手のひらにある金貨をしばらく見つめていた。

家まで帰り寝てみたものの、自分の見たものが信じられず、眠りに落ちるまで時間がかかった。

翌朝、飯を食べながら昨晩会ったエルフの幽霊の話をしたら、チェルは爆笑していた。

「あら～、魔境ですから、幽霊くらいいますよね」

「いや、怖いだろ？」

「ウヒウヒヒ！　アホ、アホがイルー！」

チェルは俺が幻覚を見たと思っているらしい。

「怖くないのか？　実体がないんだぞ！」

「だから別に怖くないじゃないですか。特に恨まれるようなこともしてないんですよね？」

「してないと思うけど……」

「じゃあ、大丈夫です。逆恨みされても聖水でも振りかけておけば治《おさ》まりますよ」

「ジェニファー、もしかして聖水作れるのか？」

「もちろん。僧侶ですから作れますよ」

「作ってくれ！　頼むよ！」

「いいですよ」

ジェニファーはきれいな水を汲んできて、そこに薬草を浸し祝詞《のりと》を唱え始めた。所作が洗練されていて、本物の僧侶みたいだ。いや本物の僧侶なんだけど。

初めてジェニファーが魔境のために何かの役に立った気がする。誰でもどこかいいところがあるようだ。古い金貨はジェニファーが作った聖水に入れて放置。これで、魔境の幽霊騒動は終わり。

「今日も作業だな」

「ドロカキ」

「私は洗います」

まだまだ家は元に戻っていない。一通り泥を掻き出し、食器や家具なども外に出すことに。天井が崩落して穴が開いているので木の板で塞いだ。入口も木の板で庇《ひさし》を作り、補修していく。

ジェニファーは家具や食器を洗い、チェルは水魔法と風魔法で泥を掻き出す。俺は力仕事や補修作業。とにかく貯め込んでいた食糧が泥だらけになったりしているのが辛かった。

午後も同じ作業の繰り返し。人の生活を取り戻すのは時間がかかる。

「マキョー！　奥テッダッテー」

奥の岩や石を運び出し、家の前はちょっとした石垣のようになっている。P・Jが作った魔道具の武器や防具もまだ残っていたが、やっぱり傷一つついていない。

「アダマンタイトですかね？」

「何それ？」

「すごく硬い金属のことです。私も何度かしか見たことはありませんが、高ランクの冒険者の中でも一匹狼タイプの人しか持っていませんでした」

「なんでだろうな？」

「武器の性能が良すぎて仲間同士で争いになるんじゃないかって言われてましたよ。私のパーティーでは禁止になってましたから」

「へぇ～、まぁ、P・Jも一匹狼タイプだよな」

P・Jの手帳には仲間の記述が一切ない。そうした武具を持つにも都合がいいんだろう。

ブラシのように硬いトゲの生えた植物の実で、乾いた泥をゴシゴシ落としていく。

「マキョー！」

チェルがまた何か見つけたらしい。行ってみると、洗った床一面に魔法陣が青白く光っていた。

「あぶねっ！　なんだ？」

今のところ、何も魔法の効果がないし、あまりにも複雑な魔法陣なので判別はできない。

「ココ、崩レテル」

チェルが言うように、魔法陣は完全な形ではない。この前の巨大魔獣の襲来で崩れたようだ。それなのに起動しそうになっているところがヤバい。

「ひとまず危ないし、この部屋は使わないようにしよう」

「ウン、そうスル」

P・Jの魔道具が置いてあった部屋だから、いろいろ危ないものが多い。

今日は作業が多く疲れたので、夕飯を食べたらとっとと寝ることに。

「マキョーさん！　雨漏りかもしれません」

俺が自室で寝ていると、頭からびっしょり濡れたチェルとジェニファーが飛び込んできた。ただ、雨など降っていないはずだから、二人には着替えて身体を洗ってくるように言った。

「隙間が開いてたのは俺の責任だから、今日は俺の部屋で寝ていいよ」

結局、三人で川の字になって眠った。


……チャポン……チャポン……。

水が跳ねるような音が聞こえて目が覚めた。あの聖水が入った水瓶から音がしている。

「チェル！　ジェニファー！」

二人を起こそうとしたが、疲労のためかまったく起きなかった。無理やり寝ようとしてみたのだが、チャポンという音が気になって眠れない。大きくため息を吐いてから立ち上がり、聖水が入った水瓶を月明かりで確認。やはり古い金貨が鼓動を打つように膨らんだりしぼんだりしていた。

「ジェニファーの聖水、全然役に立ってないじゃないか！」

水瓶の中を見ていたら、昨日と同じように古い金貨が転がり始めた。もちろん、水瓶の縁で止められているが、その場でコロコロ回転している。

「また、あのエルフの幽霊が呼んでいるのか？」

ものすごく嫌だけど恨まれて夜な夜な出てこられても困る。

「もうやめてもらおう」

俺は水瓶と魔石灯を持って夜の魔境に飛び出した。古い金貨が転がろうとする方向に進んでいく。沼までは昨日と同じだが、古い金貨はもっと北東の方に行きたいらしい。

俺は沼をぐるっと迂回して、北東に向かう。インプたちがギョエと叫び、トレントが襲ってくるが、魔力を纏わせた裏拳で対処した。他の植物は眠っているようで、静かなものだ。

「こっちも荒れてるなぁ」

金貨を追って通る道には、巨大魔獣の被害による被害がそこかしこに見受けられる。木々はなぎ倒され、崖崩れが起きているので、それを住処にしていたものは行く当てがなくなっているかもしれない。いつもより襲撃してくる魔物が少ないところを見るに、魔物たちも元の生活を取り戻そうとしている最中なのかもしれない。

ふと気づけば、家からかなり離れてしまっていた。

「帰れるかなぁ」

ぼやきながら踏み出した時だった。

「ムグッ！」

何か柔らかい物を踏んだと思ったら、枯れ葉の下から声がした。もう一度踏んでも声がする。

地面の枯れ葉をかき分けていくと、中には白い肌の女エルフが埋まっていた。

「あれ？　幽霊じゃない？　ゾンビ？」

「生きておる……。助けてくれ、なんでもする」

とりあえず、まだ怖いので水瓶の聖水を飲ませてみた。ゴクゴクと喉を鳴らして水を飲み干したエルフを見て、どうやら本当に生きているようだと安心した。金貨ももう動いていない。このエルフに呼ばれたのか。

エルフは自力で起き上がれないようなので、枯れ葉の中から掘り起こしてやる。外に出してみると、かなり背が高いことがわかった。独特な十字模様のローブを着ており、足は裸足で、ひどく冷えて赤くなっている。手で温めてから、服の袖を引きちぎって足に巻いてやった。

「すまぬ」

「どこから来たんだ？」

「山脈の向こう、エルフの国から」

「雪山を裸足で越えてきたのか？」

「途中で靴が壊れたのだ」

とても長旅に向いているとは思えない格好で、単独で山を越えてまで魔境に来るくらいだから、何か事情があるのだろう。面倒そうな気配を感じつつも、放っておくともっと面倒なことになりそうなので、一応助けることにした。

「名前は？」

「ヘルゲン……、ヘルゲン・トゥーロン。ヘリーと呼んでくれ」

「そうか。俺はマキョーと呼ばれている。この魔境の地主だ。とりあえず、うちまで来るか？」

「頼む。地面に呑み込まれるかと思った……。生きている者を霊体で探し回ったが、地主殿が見つけてくれて本当に良かった……」

昨夜見た幽霊は霊媒術で飛ばしたヘリーの生霊《いきりょう》だったようだ。結果的に幽霊ではあったが、こうして本体に実体があるなら怖くはない。

「立てるか？」

肩を貸そうとしたら、ヘリーの肩が赤く染まっている。服をめくり魔石灯で照らすと、明らかに人為的にナイフで切り刻んだような痕があり、血が出ていた。わずかに残る痕から判断するに、肩の奴隷印を削ったらしい。

「お前、逃亡奴隷か？」

奴隷印を焼き鏝《ごて》で押し付けられた奴隷が命令に背けば痛みを与えて服従させる効果を持つ魔法陣の一種だ。だが、ヘリーは首を横に振った。

「いや、誰の奴隷にもなったことはない。国の奴隷になりそうだったので逃げてきたのだ」

「犯罪奴隷か？」

「罪など犯してはいない。わからず屋どもがバカな戦争を企てていたので、止めようとしたまで」

「それって国家反逆罪だろ。じゃあ、やっぱり犯罪奴隷じゃないか？」

「違う！　国を追われてきただけだ。面倒をかけるつもりはない。どうかしばらくここに置いてくれないか。地主殿」

どうしてこうも俺の土地には訳アリな奴らばかりが集まるのだろうか。前世で何かしたかな。

「家賃、払えよ」

俺はヘリーを背負い家へと帰った。適当に寝てろとそこら辺に置いといて、とっとと寝ることにした。


朝起きると、チェルとジェニファーとヘリーが言い争いをする声が聞こえてきた。

「ダレダ⁉」

「魔族だと⁉　どういうことだ⁉」

「あなたが幽霊の正体ですね！　今すぐ除霊します！」

取っ組み合いになりそうだったので慌てて割って入る。

「待て！　このエルフはヘリー。昨日、連れ帰ってきたんだ。国から追われて逃げてきたらしい」

「国を追われたってどういうことですか？」

「犯罪奴隷で逃げてきたんだって」

「罪など犯していない！　奴隷にされる前に逃げ出したと言っただろう！」

ヘリーが反論してきた。

「奴隷印を自分で削っちまったんだって。チェル、治してやってくれ」

「なぜプリーストがいるのに、魔族が治療をする？」

ヘリーは魔族に抵抗があるらしい。渋々見ようとしたチェルから、傷口を隠して睨みつけていた。

「一番魔力量があるからだ。他に理由はない」

「しかし、魔族だぞ！」

「あのなぁ、この魔境では種族は関係ない。生き延びられるかどうかだけだ。傷を負ったまま破傷風で死にたいと言うなら別に構わん。ただし、死んでも家賃は払ってもらう。エルフの心臓と言えば、黒魔術師が高く買ってくれるかもしれないし」

脅しが効いたのか、ヘリーは素直に「ほら……」と肩を差し出した。チェルは態度が気に入らなかったらしく、焚き火で使う枝でツンツンしていた。

「ああっ！　くそっ！　何をするんだ！　やめろ！」

「魔族でも、ちゃんと礼節があるんですよ」

ジェニファーが教えて、ようやくヘリーは「頼む」とチェルに頭を下げていた。チェルは馬鹿にしたような顔をして、指で近寄れと命令していた。

「くそっ！　こんな傷、回復薬さえ作れればなんともないのに」

「ウゴクナ！」

ぼやくヘリーを、チェルがゴツンと殴っていた。

「なぜ、私が……！」

顔をしかめて悔しそうなヘリーだったが、傷はみるみるうちに治っていく。チェルはヘリーの肩を叩いて治ったことを確かめた。

「ヨシッ！」

「ヘリー、チェルとジェニファーね。いつまでいるか知らないけど仲良くな」

適当に自己紹介させて、俺は顔を洗いに沼へ向かった。ついでに畑の方を見に行ったら、完全に壊滅していてスイミン花の群生地と化している。朝からため息ばかりが出る。

洞窟に帰ると、再びヘリーが声を荒らげていた。ジェニファーが飯を作っていたら、再びヘリーが文句を言い始めたらしい。

「私は追放されて来たわけではない。山を越えれば都市があると聞いて来たまで、こんな魔境があるなんて知らなかったのだ」

昨日は、しばらくここに置いてくれと言っていたが、本当は都市へ行きたいようだ。

「ああ、そうなの。出口は向こうだよ。家賃は一日分でいいや。回復薬が作れるなら、それで払ってくれてもいいよ」

エルフの薬なら価値があるんじゃないか、と思っただけだが、ヘリーは得意気に高笑いした。

「ハハハ！　それならお安い御用だ。では、とっとと回復薬を作って、おさらばするよ」

そう言って材料集めに森へ入った瞬間、ヘリーはカム実に襲われ叫び声を上げていた。

「気にせず、飯にしよう」

「パン、焼ケタ」

パンだけはチェルが焼いたらしい。小麦粉の量が少ないため失敗は許されないとのこと。コウモリの焼き肉と、苦いけど食べられる野草、そして小さいパンという質素な飯だった。

「魔物の肉は多いけど、やっぱり野菜と小麦粉が欲しいよな」

「一度、訓練施設に行く必要がありますね」

人も増えたので必要な物資も多くなる。いつまた緊急事態が起こるかわからないし、この際だから在庫管理を始めることにした。ジェニファーに紙と木炭を渡し、リストを作って食糧や武具を管理してもらうことにする。家賃の割引を条件に依頼すると、快く引き受けてくれた。

「何を持っていく？　武具も食料もほとんどぶっ壊れたぞ」

「杖が一番作りやすいのでは？　後は魔物の毛皮や薬の材料になる物などですかね？」

「薬って言ったってなぁ。薬学の勉強はしたことあるか？」

「少しだけです。ただ、魔境にある葉や実は形状が違う物が多いですから、あまり役に立たないかもしれませんね」

「エルフ？」

チェルが聞いてきた。エルフなら薬学には詳しいんじゃないか、ということらしい。一理ある。

「でも、ヘリーは出てっちゃったろ？」

「どうせ、その辺で転がっていると思いますよ」

「そうかぁ？」

疑いながら振り返ると、見える所で倒れていた。ふざけているのかと思ったらちゃんとビッグモスの鱗粉にやられて麻痺しているようだ。

「一応聞くけど、身体を張ったギャグか？」

「……」

ヘリーは痺れて何も喋れないようだ。身体をポイズンスコーピオンの子どもが這っているので、そのうち毒も食らって死ぬ可能性もある。

「助けてもいいんだけど、条件がある。薬学を修得しているなら、魔境の草やキノコを見極めて、薬の材料になる物を教えてほしいんだ。交易で使おうと思ってね」

「……」

ヘリーは何度もまばたきをしてきたが、何を訴えたいのかはわからない。少なくとも抗議できる状況ではないだろう。

「タスケテ、断ッタラ、捨テル」

「それで行こう」

チェルがそう提案してきたので俺は頷いた。

ヘリーを洞窟の中に運び、俺とチェルは杖の素材を採りに森に入った。ジェニファーは洞窟近くの食べられる植物やベリー種を採りまくって、俺が教えた罠を仕掛けていた。

森の地形は以前とかなり変わっていたが、生息している魔物は強くなったりはしていない。ただ、強力な魔石を持つ魔物を探しても、遭遇率が低い。

「巨大魔獣の影響かな。とりあえず、魔石の効果よりも量を重視すべきか？」

「ウン。杖に使えるノ」

目標はグリーンタイガーよりも大きいサイズの魔石と決め、沼を越えて探し回った。いろいろ経験したおかげで、行動範囲が広くなっている。

「マキョー……！」

森を探索中、不意にチェルが小さな声で俺を止めた。指さす方向の木々の隙間から、家と同じくらい大きい白い繭のような塊が見えた。

「アラクネか？」

チェルに聞くと頷いていた。アラクネにはトラウマがあるが、今なら魔力も体力も十分にあるので、こちらから仕掛けてもいいかもしれない。

そうと決まれば、しっかり作戦を練る。アラクネの糸はなるべく回収して交易に使いたい。以前は全て爆散させてしまったので、火魔法は使わないことにする。

俺はサーベルを、チェルはP・Jのナイフを手に持ち、白い塊に向かって石を投げた。すぐに中からアラクネが顔を出し、周囲を見回している。俺たちは藪に隠れてその様子を見ていた。

チェルがもう一度石を投げた。アラクネはチェルに気づき、一直線で向かってくる。

俺のすぐ横を通り抜けようとしたところで藪から飛び出し、首に向けて一閃。アラクネの首から血しぶきがパァッと飛び散った。それでも動き続けるアラクネの胴体に、チェルのナイフが突き刺さる。ゾブッという音を立てて、アラクネの身体が地面に張り付けられた。

糸を枝に巻き取りながら回収していく。繭の中には卵がたくさんあったが全て潰しておいた。

戦利品を持ってチェルと共に洞窟へと戻る。

「今回は、いい戦果だったな」

「アラクネの糸なんて、よくありましたね！　交換材料としては最高ですよ！」

アラクネの糸は魔境の特産品として押し出せそうだ。ホクホクしながら洞窟へ入ると、麻痺が解けたヘリーが回復薬を作っていた。

「起きたのか？」

「家賃は回復薬と薬草の仕分けで払う。しばし、ここに置いてくれ」

ヘリーは地面に頭をつけるほどの腰の低さでお願いしてきた。

「家賃を払うなら、いくらでもいていい。ただ滞るようなことがあれば追い出すからな」

「承知した」

「ここは魔境。外の道理と違うことも多い。種族に関係なく生き延びられない者から死んでいく。よく覚えておけ。お前が死んでゾンビになったら俺たちが掃除しないといけないんだからな」

俺はそれだけ言って杖作りに集中することにした。ヘリーも納得したようで、薬作りに戻る。

チェルは魔石の選別をしている。ジェニファーは……。

「私だけ管理って、仕事してないみたいじゃないですか？」

と不安を口にしていた。自分だけ仕事が終わっているので、荷造りをしてもらった。

「ヘリーさんも強くならないと、私みたいに何もできませんよ！」

新人のヘリーに向かって、ジェニファーが先輩風を吹かせていた。


翌日、杖作りで夜ふかしをした俺たちのために、ジェニファーが寝具の毛皮や鍋など諸々《もろもろ》の準備を整えてくれていた。

「二人とも訓練施設に行く準備はできてるんですか？」

「別に準備はそんなにいらないだろ？　顔洗ってくる。チェル、俺の分のパンある？」

チェルは寂しそうに首を振った。魔境の小麦粉事情は厳しい。

沼で顔を洗っていると、ヘリーが水面に浮かんで流れてきた。スイミン花の群生地に不用意に近づいたのだろう。とりあえず沼から引き上げて人工呼吸して、思いっきり頬を張る。

「ゲホッ！　ゲホッ！」

「あの白い花は睡眠効果がある。不眠症でもなきゃ近づかない方がいい」

「また、私は助けられたのか？」

「せっかくエルフの国から山越えて来たのに、死にすぎだぞ」

家まで帰り、フィールドボアの肉をじっくり焼いた。そこにジェニファーが摘んだベリー種のソースをかけて食べる。味が違うだけでありがたい。ギザクラブのスープは全員で食べた。頬に薬草を貼り付けたヘリーも喉を鳴らして飲んでいる。

「帰ってきたら、塩も取りに行かないとな」

「忙シイ」

魔境で生きるのは手間がかかる。


「「いってらっしゃーい」」

ジェニファーとヘリーに見送られ、俺とチェルは魔境の入口へと向かった。今回は多めに品物を要求してもいいだろう。魔境産の杖に加えアラクネの糸もある。小麦粉や野菜の他、できれば建築用の道具が欲しい。人数も増えてきたので、洞窟が手狭になってきた。収納スペースを広げたい。

魔境の魔物や植物が襲ってくるが、洞窟周辺の魔物には慣れてしまったので切り捨てていく。何度も通ってできた獣道を通ると、三〇分ほどで魔境を出られた。

「この辺りは巨大魔獣の影響も受けてないんだな」

「ラク」

俺もチェルもほとんど魔力を使っていない。

プルプルとスライムが泳ぐ小川を越え、森に入る。小鬼のゴブリンと巨人のサイクロプスがこちらを見ていたくらいで、追いかけてこようとするものもない。

パカラパカラと馬蹄《ばてい》の音が聞こえてきたが、軍の騎馬隊が演習をしているのだろう。挨拶をしようと思ったが、チェルが変装前なので、先を急いだ。

午前中には訓練施設の畑まで来ていた。チェルの変装を済ませ畑の横道を進む。

「イツモと違ウ？」

チェルの言う通り、いつもなら畑で作業をしている隊員たちがいない。

「何かあったのかな？」

魔力を全身に纏って警戒しながら建物の方に向かうと、刃物がぶつかりあう音が聞こえてきた。

「音ガ軽イ」

「そりゃあ、訓練なんだから本気じゃないさ」

音の方へ行ってみると、小さい闘技場の真ん中で、奴隷の女が兵士たちと戦っていた。兵士たちは殺さないように手加減しているが、奴隷の方は真剣な表情で短いナイフを振っている。

「奴隷に訓練をつけて、町の闘技場にでも出場させる気かな？」

遠くから見ていたら、隊長が俺たちに気づいた。

「ちょっと待っててくれるか？　今、奴隷を落ち着かせてるところなんだ」

別に訓練とかではないようだ。チェルが麻痺効果のある杖を一振り。真っ直《す》ぐに魔法が飛んでい

き奴隷にヒット。奴隷の女は動かなくなった。突然、横槍を入れられて兵士たちも戸惑っている。

「ほら、ボサッとしてないで、手かせと足かせを着けちまいな！」

隊長が指示を出して奴隷を拘束していた。チラッと見えた奴隷の顔は、どこかで見たことがあるような気がした。手かせと足かせで動けなくなった奴隷を隊員たちが建物へと連れていった。

「戦争の話を聞いて来たのかい？」

「戦争？　あ、いや、魔境で災害がありまして、食料が全部流されちゃったんですよ。良ければ、武器や素材と交換してくれませんか？」

「そうか。それはちょうど良かった。伝令の者には会ったのかい？」

「伝令？」

「いや、こっちの話だ。そもそもうまくいきっこない」

隊長はそう言って、俺たちをいつもの小屋へと案内してくれた。

「今回も杖と交換かい？」

俺たちが背負子を下ろすと、隊長が聞いてきた。先ほど、戦争とか言っていたので、杖の需要があるのかもしれない。

「そうです。今回はアラクネの糸もあるんですが、交換材料になりますか？」

「アラクネの糸？　そいつはまた珍品が出てきたなぁ。そちらは何が欲しい？」

「小麦粉と野菜です。それから建築に使う道具なんかがあれば」

「この前は船を造る道具と言っていたが、船はもういいのかい？」

「いえ、なかなか木が乾かなくて保留してあります」

「そうか。いや、必要かもしれないと思って、ノコギリや金槌、釘《くぎ》は用意してあるんだ。あと蝶番《ちょうつがい》とかも倉庫にあると思う。この前言っていた魔法書はやはり王都でも見つからないらしくて、関係者に聞いているところだ。交換の方はそれで問題ないかな？」

「ええ、こちらとしては十分です！」

「そうか。部下に伝えて、帰りに渡すよ。それで、実は耳に入れておいてほしい話があるんだ。魔境に関することなんだけど……、どこから話せばいいかな」

隊長は「えーと」と言いながら、顎に手を当てていた。俺たちとしては食料さえ交換してくれれば用はないんだけど、魔境に関することと言われると気になる。

「近くの領地で内戦が起こっていることは覚えているかい？」

「ええ、魔境にも貴族の女戦士が杖を買い付けに来ましたよ」

「ああ、言ってたね。その貴族がいた領地をイーストケニアっていうんだけど、冒険者たちとの間で内戦しているところに、エルフの国から横槍が入ったんだ」

「侵攻を受けたってことですか？」

そういや、ヘリーがエルフの国の戦争を止めたかったって言ってたな。

「エルフたちは自分たちの祖先の土地を奪い返しに来ただけだと言うんだけど、時代が違うだろ？」

「ええ、もう住んでいる人も違いますもんね」

「それで、まぁ、すぐに追い返したんだけどさ。その戦いで貴族たちよりも冒険者たちが武功を挙げちゃって、貴族は没落さ。好戦的な土地だから、強い者が民衆を動かしてしまうんだよ」

「じゃあ、今は冒険者が領地を治めてるんですか？」

「いや、冒険者たちをそそのかした貴族が治めてる。自分もそこまで詳しくはないんだけど」

「それが魔境と関係があるんですか？」

「今、イーストケニアを治めている貴族が、そちらの魔境も自分の領地と言い始めてね。杖の威力を見て、軍隊を作りたいと思っているんじゃないかな」

「ああ、それで伝令を魔境に向かわせたと？」

「本当に申し訳ない。手付かずの魔境を開拓しているのは君たちだ。未開なのだから君たちの土地なのは間違いない」

「確かに、俺が買った土地です。証明書も持ってますよ」

俺は懐から証明書を取り出して見せた。すでにボロボロになっているが文字は読める。

「ああ、それは不動産屋から発行してもらったやつだね。実はそれ、あんまり効力はないんだ。ちゃんと領地を治めている領主のサインがないと、うちの国では裁判に負けるかもしれない」

「そんな……」

後生大事に取っておいた証明書がただの紙切れになってしまった。

「ただ、この訓練施設の代表としては、あの魔境は君たち以外に住める者なんていないから、どこかの貴族の領地というわけではなく、このまま君たちの土地であった方がいいと思っている」

「味方になってくれるというわけですか？」

隊長は「思いはね」と頷いた。

「そもそも魔境は長い間、この国の領地か怪しいグレーゾーンだったから、他国との緩衝地域としても非常に助かる。軍の方でもできる限りの協力はしたい。ただ、君たちの魔境を狙っている奴らがいるってことは覚えておいてくれ」

正直めんどくさい。まだ魔境の全貌すら見えていないのに、なんで奪われないといけないんだ。

「ムリ」

突然、チェルが言った。

「どういうことだ？」

「コノ杖、作れるの私たちダケ。魔境ヒロスギ、ウバウのムリ」

「そりゃそうか。巨大魔獣だって来るしな。いざとなったら砂漠に逃げればいいか」

追ってくるにしてもまず魔境に慣れる必要がある。油断すれば死が待っている。俺が生き残っているのも運が良かっただけ。

「それが、新しいイーストケニアの領主にはわかっていないんだ」

「ん？　軍はそのイーストケニアとは関係ないんですか？」

「一応、王国軍だから、関係なくはないよ。今回の内戦でも貴族側に兵站を出そうと準備してたからな。ただ、基本的には王家の軍だ。もしイーストケニアの領主が王家を攻撃しようとすれば、討ち滅ぼす。そのための訓練施設だしな」

軍も軍で事情があるんだなぁ。

「わかりました。もし誰か来たら、適当に追い返していいんですね？」

「うん。侵入して暴れるような輩がいたら、追い返していい」

「わかりました」

小屋を出て待っていると、すぐに兵隊たちが食料や道具を持ってきてくれた。

「いつも、損をさせてしまって申し訳ない」

「いえ、いいんですよ」

俺たちは背負子に載せられるだけ小麦粉の袋を載せ、野菜をまとめた。

隊員の一人が隊長に小声で何か伝えている。

「ああ、そうか。損させた代わりと言ってはなんだけど、先ほど捕まえた奴隷を魔境に連れていってくれないか?」

隊長は申し訳なさそうな顔で聞いてきた。

「暴れていた奴ですよね?」

「荷運びだろうが性奴隷だろうが、どう扱っても構わない。イーストケニアの新しい領主から闘技場でも手を付けられないから、軍で鍛えてやってほしいと贈られてきたんだが……」

隊長は急に声が小さくなった。

「性奴隷にすると、次の日、隊員たちの中から訓練に耐えきれない者が出てくるんだ。森で演習中にそんなことになれば死者も出る。正直、この訓練施設の連中は野獣が多いから取り合いになっても面倒でな。いらなかったら殺して構わないから」

だったら軍の方で殺してくれと思わなくはないが、新しい領主からの贈り物をすぐに捨てるわけにもいかないのだろう。

チェルが袖を引いて、俺の耳に顔を近づけた
「モラエルものはモラってミタラ? 畑サギョウ」

畑もぐちゃぐちゃになってるし、作業員は多い方がいいのは確かだ。カカシにでもすればいいの

か。迷っているうちに、隊員たちが先ほどの女奴隷を担いでやってきてしまった。

顔をじっくり見て、既視感に合点がいった。

「あ、ま、ま、ま、魔境の！」

買い付けに来た貴族の女戦士だった。ただ、今は髪も坊主だし着ている物もボロ布で、豊満すぎる胸がゆらゆら揺れている。新しい領主は、前の領主の血を絶やしたいらしい。

「と、と、と、ということは、こっちの変装した奴は……」

チェルについて何か言いそうになったので、顎に掌底を当てて気絶させた。魔族だなんて知られたら、この訓練施設に来られなくなってしまう。

「持って帰ります。じゃ、またお願いします」

俺は女奴隷を担いで、とっとと森へ走った。チェルも追ってくる。

「ああ、すまん。また、よろしく頼む～！」

後ろから隊長の声が聞こえてきた。

最短距離で魔境に向かい、昼過ぎには魔境に着いていた。

「おかえりなさーい。早かったですね。それにしてもすごい量」

俺たちが背負っている小麦粉を見てジェニファーが言った。

「それはなんだ？」

ヘリーが女奴隷を見て聞いてきた。

「あー、畑のカカシ代わりに奴隷をもらってきたんだ」

「なんだ、カカシか？　実験に使っても？」

ヘリーは自分が作った回復薬を試したいらしい。

「いいよ」

ヘリーが回復薬を飲ませると、女奴隷が目を覚ました。

「お、お、おのれ、憎きエルフめ～！　貴様らのせいで！」

女奴隷がヘリーに飛びかかった。

「なんだ？　私が治してやったんだぞ！　うげっ」

ヘリーも応戦しようとしたが、力は女奴隷に分があるらしい。すぐに組み敷かれたヘリーは下から三角締めをしようと必死で抵抗していた。

「奴隷同士仲良くしろ」

俺は二人を引き離し、地面に押さえつけた。

「私は奴隷じゃない！」

「私だって、奴隷じゃない！」

「どうでもいいけど、お互いの事情を聞くように」

俺は二人を縛り上げ、転がしておいた。

日が昇っているうちに海に塩を採りに行かないといけない。

「マキョー、シオ！」

「ああ、そうだったな。後はジェニファー、頼む」

「はーい。いってらっしゃーい！」

ジェニファーに見送られて、俺たちは東へと向かう。

「はぁ、忙しいな」

「魔境ニ女バカリ？　ウレシイか？」

「嬉しかねぇよ。追放されてきた奴らばっかりじゃないか。チェルもちゃんと魔族の国に帰れよ」

「ハイハイ」

俺たちは海へと急いだ。

底が抜けていない壺に海水を入れて塩を作り、フキの葉で包む。それを何度も繰り返し、どうにか塩を集めた。器がないというだけですごく不便だ。単純作業で精神的に疲労が溜まり、帰ってきてすぐに寝た。


朝起きてみれば、女性陣四人が騒ぎながら飯を作っている。どうやらジェニファーの料理について揉めているらしい。昨日のうちにヘリーと女戦士は仲良くなっていて、ジェニファーにもっと野菜炒めを辛くしろと要求していた。

「おはよう」

女戦士は俺に気づき、立ち上がった。かしこまらなくていいと、座るよう促した。

「お、お、おはようございます。シルビアと申します」

相変わらず布一枚だが、そんなに悲壮感はない。スタイルがいいからか。

「マキョー殿、私たちにも稽古をつけてはくださらんか？」

ヘリーが聞いてきた。やはり俺の名はマキョーということになったらしい。

「なんの稽古だか知らねぇけど家賃分は働けよ。ジェニファー、シルビアに仕事見つけてやって」

「はい、わかりました」

「チェル、俺の分のパンも焼いといてね」

「ウン」

チェルはじっとパンが焼けるのを見つめている。小麦粉がたくさんあるので嬉しそうだ。

沼で顔を洗おうとしたら、魚の魔物が浮いている。死んでいるわけではなく眠っているようだ。近くで群生しているスイミン花の影響だろう。

「刈るか。せっかくだから、眠り薬も作っておこう」

とりあえず、スイミン花の群生地から遠くで顔を洗って、洞窟へと戻った。

「ジェニファー、壺か籠あったかな？」

「壺は全部割れちゃったんじゃないですかね？　籠は作りますか？」

「そうだよな。とりあえず籠を作ってくれると助かる。ヘリー、薬を入れておく壺が必要だろ？」

「無論、必要だが……」

「じゃあ、窯から作るか。ヘリーを魔境の陶芸家に任命する！」

「な、なぜ私が⁉」

「薬で家賃払うつもりなんだろ？　ヘリーが適任だ」

ヘリーはしかめっ面をしていた。

「シルビアは、畑仕事はやったことあるのか？」

「や、や、やったことはない。戦うことばかりしていた。ま、ま、魔物なら狩ってこれる」

一番簡単な仕事だな。ただ、シルビアが魔境の魔物に対応できるかどうかわからない。

「じゃあ、適当に肉を狩ってきてくれ。武器は洞窟にある物を使っていい。ダメだったら、他の人を手伝うように。それから全員に言っとくけど、三ヶ月後にはまた巨大魔獣が現れると思うから、それまでにこの魔境から出るようにね。死んでも責任は取らないから」

死なれて魔物化することほど面倒なことはない。精神衛生上、それだけは回避したいところだ。

チェルの船も三ヶ月後までには造らないとな。

「私は遺跡を探したいんだが……？」

ヘリーが手を挙げて聞いてきた。

「勝手に探してくれ。家賃分は置いといてやるけど、使えないってわかったらすぐに追い出すから、仕事はするように」

「カンペキ！」

ちょうどチェルのパンが焼けたようだ。

朝飯はちょっと辛めの肉入り野菜炒めときつね色のパン。食事に文句はない。

「うまい！」

飯を食べたら、全員で行動開始だ。

シルビアが森に入って、早々にカム実に噛まれるという洗礼を受けていた。でも、ヘリーよりは戦い慣れているのか、うまくあしらってから奥へと向かっていった。

ヘリーは地面を掘って、粘土を探している。窯に使うレンガを作るところから始めるようだ。

俺とチェルとジェニファーは、籠のための蔓探し。蔓は歩いていれば襲ってくるので、必要な分はすぐ集まった。ジェニファーは茶葉を入れるような大きいサイズの物を作ると意気込んでいた。

俺とチェルは、スイミン花採取に使う、森で魔物の血を集めるため、森の探索を続ける。

「大きい魔物でもいれば、すぐ集まるんだけどな」

「アッ、食われソウ！」

チェルが指さした方を見ると、シルビアがヘイズタートルに食べられそうになっていた。装備していた防具も壊れて地面に落ちている。

「きぃやあああああっ！！！」

叫び声を上げるシルビアは放っておいて、俺とチェルは小屋くらいあるヘイズタートルを魔法で麻痺させ、首を斬り飛ばした。

ブッシャ――――！

ヘイズタートルの首から血が噴水のように飛び出し、シルビアの全身にかかった。布が血で濡れて、丸裸みたいになっている。チェルはシルビアの胸を見ていたが、血まみれのシルビアはそれどころじゃないらしく、目が泳いでる。

「沼で洗ってきた方がいいかもよ。血の匂いで魔物からも植物からも狙われるから」

「わ、わ、わかった」

シルビアは俺の忠告通り、沼の方に走っていった。

「わっ！」

あっさりシルビアは落とし穴に落ちた。注意していれば気づくはずだ。麻痺薬と眠り薬で動けなくなってしまったが魔物もかかりやすくなったかもしれないので、昼まで放っておくことにした。

ヘイズタートルの死体の首の付け根から血を採取し、ワイルドボアの胃袋で作った袋に溜めていく。満タンになったところで、死体を引きずって洞窟へ戻る。今日の収穫としては十分だ。

洞窟へ戻る途中にシルビアをピックアップ。そのまま、血だらけで昼飯の準備に取り掛かろうとしたら、ヘリーがドン引きしていた。

「死んだのか？」

「首が飛んでるんだから、死んでるよ」

「そうじゃなくて、シルビア」

「ああ、生きてるよ。チェル、シルビアを洗ってきてやってくれ。入口の小川ならスライムしかいないし、起きても恥ずかしくないだろ」

「ワカッタ」

チェルはシルビアを担いで、小川の方に向かっていった。

皆が仕事をしている間、俺はヘイズタートルの極上スープを作っていた。味見をしたところ美味すぎて笑った。

「マキョー……チョット！」

シルビアを洗いに行ったチェルが戻ってきて、俺を呼んだ。

「なんだ？」

「チョット……」

なんだか説明できないらしい。

「飯できたから食べてていいよ。かき混ぜといてね」

俺はヘリーに鍋を任せて、チェルに駆け寄った。

「どうかしたか？」

「コレ、チョット置いて」

全身を洗ったシルビアは眠りから覚めているが、麻痺が残っているらしく、まぶたしか動かせないようだ。とりあえず洞窟の前で全裸のまま天日干し。結局、痴態を晒してしまったな。

「コッチ」

チェルに連れられて、俺は小川に向かった。

小川ではスライムたちがちょっと荒ぶっていて、水が飛び散っている。面白い光景だが……。

「こんなことで俺を呼んだのか？」

「チガウ、向こう」

小川の向こうにある森に、馬の魔物であるフィーホースが血を流して倒れていた。

「ん？　あのフィーホース、鞍がついてないか？」

小川を跳び越え確認しに行くと、やはり鞍がついている。乗り手は近くに見当たらない。内臓がごっそり食われており、近くにも何か重い物を引きずったような痕跡があった。辿ってみると、同じように内臓がなくなったフィーホースの死体が二つ転がっていた。

ブン……。

遠くで魔物の羽音が聞こえてきた。声を潜めて音の方に近づいてみると、乗り手であろう者たちの鎧やカバンが落ちている。見上げれば、ベスパホネットの巨大な巣が崖にへばりついていた。この様子じゃ乗り手たちは丸めて肉団子にされているだろう。

「ドウスル？」

「もう助からないさ。家帰って飯食おう」

落ちていたカバンを回収して家に帰ることにした。俺たちに気づいて、ベスパホネットが攻撃してきたが、チェルが火魔法で追っ払った。魔境の外の魔物は、かなり動きが遅い。

家に帰り、昼飯のスープに舌鼓を打っていると、何かを察したジェニファーが近づいてきた。

「何かあったんですか？」

飯時にする話じゃなかったので、「後でな」と返しておいた。

食後に、ジェニファーとチェルと共に、籠と血を持ってスイミン花を刈りに向かう。沼の近くにあるスイミン花の群生地に血を撒いて、花弁が閉じたところを刈り取っていく。ジェニファーが、意外にもテキパキと作業を進めるので驚いた。

「うまいもんだな。僧侶より農家の方が向いてるんじゃないか？」

「やめてくださいよ！　故郷の話はいい思い出がないので」

ジェニファーの実家も農家だったのか。俺も農家の次男だが、親からよく怒られていた。

「マキョー、イヤな話はダメだぞ」

チェルも故郷の話はしたくないらしい。

「そういうものかもな。すまん」

その後、夕方近くまで続け、大きな籠いっぱいになったスイミン花を持って帰る。とりあえず保管する壺がないので、地面に穴を掘って粘土を壁に塗って魔法で焼いた。硬くなったところで、スイミン花を入れて保管。花の汁が出れば、眠り薬が採れるだろう。壺があればいいのだが……。

魔境の陶芸家ことヘリーは粘土に枯れ葉を混ぜた物を型に詰めてレンガを作っている。まだ軟らかいレンガが洞窟前に並んでいた。明日には日干しレンガができているかな。

「だ、だ、誰か、服を貸していただけないだろうか？」

全裸のシルビアが胸と股間を隠しながら、チェルとジェニファーに聞いていた。

「奴隷とはいえ、このままじゃみっともないから貸してあげたら？」

「ウン」

チェルが大きめのサイズの服を貸してあげていた。

日が暮れ、焚き火の前で魔境の外で拾ってきたカバンを開けた。中には、保存食やナイフの他、書状が入っていた。見れば『領地からの退去命令』などと書いてある。迷わず、火にくべた。


まだ日も明けきらぬ翌早朝。焦げ臭い匂いが漂ってきた。

チェルがパンを焦がしたのか。失敗しても、小麦粉はまだある。気にせずもう少し寝ていよう。

「マキョー！」

俺の部屋にチェルが飛び込んできた。

「パン焦がしたのか？」

「チガウ！　来て！」

洞窟を出てみると西の空が赤く染まり、黒い煙が立ち上っていた。

「山火事か!?」

ジェニファーたちも不安そうに空を見上げている。洞窟の西には入口。さらにその向こうには軍の訓練施設がある。魔境まで燃え広がると大変なので、布で口と鼻を塞ぎ、現場に行くことにした。

道すがら、森のグリーンタイガーやゴールデンバットたちも不安なのか唸り声を上げていた。

「特に魔境が燃えているわけではなさそうだな」

火事があったのは小川の向こう。魔境までは火の手が来ることはなさそうだ。

近所付き合いとして、軍の訓練施設を見に行ってみる。その途中で火が見えた。昨日、見つけたベスパホネットの巣と周辺の木々が燃えているようだ。周囲には、揃いの鎧を着た男たちが数人いる。軍の関係者かもしれない。

「まさか、チェルの火魔法がくすぶっていて火事になったわけじゃないだろうな？」

だとしたらマズい。とりあえず、火を消して謝らないと。中心にいた杖を持った魔道士らしき男に話しかけようとしたら、突然大声で笑い出した。

「魔境などと言うから、さぞ強い魔物がいるのかと思ったら、いかほどでもないではないか⁉」

「大魔道士様にかかれば、こんな虫の巣などゴミのようですな！」

「素晴らしい広域魔法ですな！」

周りの部下らしき男たちも笑っている。どうやら彼らの仕業《しわざ》だったようだ。

「とりあえず良かった。俺たちのせいでこうなってなくて……」

とっとと帰ろうと思ったら、フィーホースに乗った隊長に見つかった。

「マキョー殿！」

隊長の後ろには軍人たちがいる。

「うわっ！　隊長！　俺じゃないですよ！　向こうの人です！」

思わず、弁解した。隊長はフィーホースから下りて、魔道士の方に向かっていった。

「君たちはイーストケニアの衛兵たちか？」

「貴様！　誰に口を利いておる！」

「誰でもいぃ。今すぐこの火事を消しなさい。ここは軍の敷地内です」

「なにぃ!?　ここは魔境だろ!?」

「いいえ、ここはただの森です。すみやかに火を消すように」

「待て、ここにベスパホネットの巣があったのだ。だから我々はそれを駆除したまで。我らの伝令もベスパホネットの群れに襲われた」

隊長と言い合う部下を制し、魔道士が一歩前に出た。

「そうですか。ただこのままでは森ごと焼けてしまう。近隣住民にも迷惑をかけているようですし」

隊長が俺の方を見た。そこでようやく、魔道士の一団は俺がいることに気づいたらしい。

「貴様、何者だ!?」

魔道士が俺を見て、凄《すご》んできた。腹が出ているし、どう考えても動きが鈍い。資金力以外なら勝てる気がするのだが……。

「この先にある魔境の地主です」

「貴様か!?　我がイーストケニアの領地に勝手に住んでいるという輩は!?」

「いや、ちゃんと不動産屋で買った土地です」

「不動産屋だとぉ!?　そんなデタラメが通用すると思っているのか!?」

「俺からすれば、エルフを追い返したら領主になったという方がデタラメに見えますけど」

「我々の領主はイーストケニアの民に選ばれたお方だぞ！　なんと不敬な奴！　消し炭にしてくれ

るわ！」

「俺を消し炭にしたら、もっと火が燃え広がりますよ。とりあえず、火を消した方がいいんじゃないですか？　風も出てきてるし」

火が風に煽《あお》られて、魔道士の部下のマントを焼いているが、気づいていないみたいだ。俺がじっと視線を送っていると、ようやく熱さに気づいたらしい部下の一人が慌てて叫んだ。

「おい、お前、燃えてるぞ！」

「えっ!?　アチチチッ！」

部下が地面に転がって火を消した。隊長が魔道士たちの前に立った。後ろ姿しか見えていないが、お前ら、これ以上火を使ったらただではすまさん、という気迫がみなぎっているのがわかる。おそらく正面は鬼の形相をしているだろう。軍人たちも武器を手にしている。

「くそっ！　貴様ら覚えていやがれ！　必ず、戻ってくるからな！」

そう吐き捨てると、魔道士は部下を連れて逃げ去ってしまった。

「おい！　待て！　今すぐ戻ってきて火を消せ！」

隊長が叫んだが、魔道士たちは戻ってこなかった。

「追いかけますか？」

軍人の一人が隊長に尋ねた。

「いや、いい。中央に報告する。すまない、マキョーくん、火を消すのを手伝ってくれるか？」

「いいですよ。ちょっと待っててくださいね。杖取ってきますから」

俺は走って魔境の洞窟へと戻った。

「ドウダッタ？」

走って帰ってきた俺にチェルが聞いてきた。

「魔境を出た所の森で火事が起こってるんだ。すぐに現場に戻らなくちゃ。スイマーズバードの魔石がまだどっかにあったよな？」

「ウン。……コレ」

チェルは洞窟の奥から、魔石を取ってきた。スイマーズバードの魔石には水魔法の効果がある。

その辺の木の枝を切って、魔石をはめる台座をナイフで削った。

「私たちも行った方がいいですか？」

「いや、いいんじゃないか。ダメだったら、スライムぶつけて消すよ」

台座に魔石がはまったところで、すぐ俺は火事の現場に向かう。

「そら、ローブを使え！　そんな格好では焼けてしまうぞ！」

ヘリーに言われて、自分が短パンにランニングシャツ姿であることに気がついた。ヘリーは自分の着ているローブを脱ぎ、俺に投げ渡してくれた。

「ありがとう。後で返す」

俺は受け取って走りながらローブを着た。ローブを脱いだヘリーの全身にタトゥーが見えたが、まぁ、今はそれどころじゃないか。

保険として、小川でスライムを捕まえ、火事の現場に持っていった。現場では軍人たちの中に水魔法を使える者がいたらしく、魔法の霧を発生させていた。

「お疲れ様です」

「すいません、レベルが足りず、火を広げないようにするので精一杯で……」

霧を放っている軍人が状況を説明してくれた。

「とりあえず、やれるだけやってみましょう」

俺は燃えている火の中にスライムをぶん投げ、先ほど作った杖から水魔法で水球を放った。水球によって徐々に火の勢いがなくなっていく。後は拳に水魔法を付与し大きい水球で殴っていく。

小一時間ほどで火は消し止められ、辺り一帯黒い焼け跡だけが残った。正直、遠くからでもわかるくらい大きな火事だと思ったが、焼けた範囲はそんなに広くはないようだ。

「すまん。助かった」

俺も隊長も煤《すす》だらけ。ヘリーが貸してくれたローブが少し焼けてしまった。

「すぐに替えのローブを用意するよ。おい、あれも持ってこい！」

隊長は軍人たちに指示を出しながら、自分の身体を布で拭っていた。

数分後、軍人たちが酒樽《さかだる》と酒瓶を大量に持って戻ってきた。

「うちで作ってる酒だ。良かったら持っていってくれ。こんな辺境にいるとこういう力も必要だろ？」

隊長はそう言って俺に、酒樽と酒瓶が詰まった袋を渡してくれた。

「今回は本当に助かった。森が全焼したなんて言ったら、俺のクビが飛ぶところだ。もしイーストケニアの連中を見かけたら、すぐに訓練施設まで来てくれ。うちの部隊総出で追い返すから」

「ありがとうございます！」

俺は酒を担いで、替えのローブを小脇に抱え、魔境へと戻った。

洞窟ではジェニファーとシルビアが籠を作る中、少し離れてヘリーがレンガを積み、窯を作っていた。タトゥーだらけの肌に二人が引いてしまっているようで、気まずい雰囲気が流れている。なぜかチェルはいなかった。

「ヘリー、悪い。ローブが焦げてさ。これ替えのローブだけどいいか？」

「ああ、構わない」

「それから、少しだけ瓶が手に入った。中身は酒だから夕飯の時に空けちまおう」

「わかった」

そう返事をしたヘリーが浮かない顔をしている。

「なんだ？　なんかあったか？　チェルはどこほっつき歩いてるんだ？」

「私のタトゥーの理由を聞いて、どこかへ走っていってしまった」

俺は遠くを見てチェルを探したが、周辺にはいないようだ。

「マキョー、実は私は呪われているんだ。このタトゥーはその呪いを封じ込める印でね。その影響で私はほとんど魔力を使えない。魔法が使えないんだ」

「ああ、そうなのか。別に日常生活で困るとかいうことはないんだろ？」

「日常生活は問題ないが……」

「なら、いいよ。地主としては金になる回復薬を作ってくれれば、後は望まない。好きにしてくれ。まさか幽霊が大挙して押し寄せてくるようなことはないよな？」

「それはない……」

ローブを渡すと、ヘリーは無言で着ていた。

「お前らも、ちゃんと家賃分は働いてくれよな！」

振り返ってジェニファーとシルビアに言った。

「マ、マ、マキョー、実は私もそんなに魔法は使えないです。か、か、身体が痛くならない魔法とか、数秒だけ力の限界を突破する魔法とかしか使えない」

「な、なんだ？　魔境だからって、魔法を使わないといけないってことはないぞ。できることをやって稼いでくれ。家賃さえ払ってくれれば、俺からは言うことはない！」

「家賃、家賃って何度も！　わかってますよ！」

ジェニファーが怒り気味に返してきた。その後、俺はヘリーの窯作りを手伝いながらチェルを待っていた。

夕飯時にようやく、チェルが走って帰ってきた。手には木と紐で作った丸い網のような物を持っている。たぶん呪術的なことに使う道具だろう。

「ヘリー！　呪いをコレで捕マエテ、マキョーのベッドの下に仕掛ケヨウ！」

チェルは興奮してヘリーの肩を掴んだ。

「チェル！　今までそんなことやってたのか⁉」

「ア〜！　ナンデ、マキョー戻るの早くない⁉」

その後、日が暮れるまで俺がチェルを追いかけ回し、ようやく捕まえたチェルをロープでぐるぐる巻きにして木に吊るして尋問した。

「ダッテ、マキョー、目に見えないモノ怖がるカラ面白いと思っテ」

「思うなよ。面白くねぇから。だいたいこれはなんだ？　これで呪いを捕まえられるのか？」

「ウン、魔族の道具。ニレの木から作ル」

「じゃあ、別に私の呪いが怖かったわけではないんだな？」

「怖くナイヨ。私も魔王の一族カラ呪われてるシ、あ！」

余計なことを言ったのか、チェルが口を噤《つぐ》むが、後の祭りだ。

「魔王の⁉　チェル、お前、ちゃんと魔族の国に帰れよ」

「カエル」

皆で飯を食べていたら、チェルは魔法でロープを切り、ちゃんと輪の中に入ってきた。

「のんきな奴らだよ。まったく」


翌朝、起きたらヘリーが俺の顔を覗いていた。

「なんだよ？　何かあったか？」

「いや。道具作りに使えるかもしれないと、チェルにヤシの樹液を教えてもらったのだ。あんなにすぐ固まる物があるなら教えてくれれば良かったのに」

「確かにな。ただあれは熱で溶けてしまうから、壺はちゃんと土で作った方がいいぞ」

「そうか。いろいろ試してみる」

「ヘリー、それを言うために朝から俺の部屋に来たのか？」

「あ、そうだった！　実はチェルと二人、西の小川の方にヤシの樹液を採りに行ったんだ。そしたら妙な物を見たんでどうしようかと思ってね」

「妙な物って具体的に何？」

「死体だ」

「死体か。この辺りではよくある。魔物にでもやられたんだろ？　ちゃんと埋めたか？」

「いや、マキョーに確認してからと思って埋めてはいない」

「頼むよ。面倒なことになる前に埋めてこよう」

死体の魔物化が一番厄介だ。霊体だけ飛び出してきたら、俺には対処できない。

「どこだ？」

「西の小川の近くだ」

俺はインナー姿のまま、ヘリーに案内されて魔境の入口である小川へと向かった。枝や葉に素肌を攻撃されながら付いていくと、チェルが木の陰に隠れて川原の様子を窺っていた。

「チェル、どこだ？」

「マキョー、来たか。アッチ、動イてる」

チェルの指さす方を見ると、上半身だけのゾンビが川原を手で進んでいた。その鎧や風貌には見覚えがある。

「あ、あれは金貨のゾンビだ」

俺が以前、倒して地面に埋めたゾンビが再び出てきてしまったらしい。

「金貨の？」

「後で説明する。それよりゾンビ菌が蔓延《まんえん》すると厄介だ。チェル、火魔法で焼いてくれ」

「イイノ？」

「ああ、一度身体検査はしてある。金目の物はもう持ってない」

チェルは「じゃあ、エンリョなく」と火球をゾンビに当ててじっくり焼いていった。

「エルフの冒険者だろうか。だとしたら、この地に都市を探しに来た私の先輩かもしれない」

ヘリーは炭の中から棒で頭骨を掻き出しながら言った。

「そういえば、このゾンビが持ってた古い金貨がヘリーを探し出したんだぜ」

「なんだって!? それを早く言ってくれよ」

「すまん、忘れていた」

炭と骨になったゾンビは改めて埋葬しておく。

洞窟へと戻り、ヘリーに金貨を見せると、じっくり金貨の文様を観察し始めた。

「どこの金貨でもないし模造品とも思えない。あのゾンビはミッドガードを見つけていたのか？」

「ミッドガードっていうのが、ヘリーが探している都市の名前か？」

「そうだ。魔法国・ユグドラシールの都市・ミッドガードでは子供から老人まで誰もが魔法を使い、魔道具によってどの国より遥かに発展していたとされている。エルフの国とも交易していたが、いつからか記録が消えているんだ」

「すごい！ ヘリーって考古学者だったんですか!?」

俺の隣で話を聞いていたジェニファーが感嘆の声を上げた。

「わ、わ、私も歴史書で読んだことがある！ この魔境には国があったって」

「その歴史書はどこに？」

ヘリーが前のめりで聞いたが、シルビアは「の、の、乗っ取られた城に……」とつぶやいていた。

「いや、その歴史書なら、俺が買い取ったな。ちょっと待ってろ」

俺は自分の部屋から歴史書と、ついでにP・Jの手帳を持ってきた。

本に挟んだ俺が書いたメモには、『この魔境は昔、国であったこと』『突然、なんの前触れもなく人が大量に消えることがあった』『空飛ぶ島は巨大な魔獣に食べられてしまったらしい』『鹿が神の使いとされる宗教があったらしく、語り継ぐことが何より重要だった』などと記されている。

「こっちの手帳には遺跡の記述がある。最後のページを見てくれ」

「『この魔境の謎が解けなかったことだけが、心残りだ』か。これは誰の手帳なのだ?」

「俺たちの前にここに住んでいた男の手帳だ。彼は白骨化していたよ」

「でも空ノ島に墓あったヨ?」

「そ、そ、空の島ってそんなの本当にあるのか!?」

「俺たちは砂漠で空に浮かぶ島を見つけているんだ。そこでピーター・ジェファーソンという人物の墓を見つけた。その手帳にはP・Jと書かれているから、本当の持ち主はピーターなのかもしれない。ただ、手帳は洞窟に住んでいた白骨化した男が持っていたんだ。よく見てくれ。落書きした魔法陣の方が、字がうまくないか?」

俺は手帳を見せて説明した。

「つまり、この手帳には二人の作者がいるということか?」

「そういう可能性が高いって話。とにかく二人とも魔境の謎は解けていなかったみたいだけど」

「あのエルフのゾンビも含めて三人だ。情報をまとめると魔境にあったのは魔法国・ユグドラシールで間違いないと思う。鹿が神の使いとされていたというのもエルフの国で聞いたことがあるし、この歴史書に書かれている災害も読んだ覚えがある」

「魔族では鹿は悪魔の使イだヨ」

「だとしたらユグドラシールは古《いにしえ》から海の向こうにある魔族の国と敵対していたのかもしれない」

「ミッドガードはどこにあるのか？　ユグドラシールはなぜ滅んだのか？　マキョー、残念だが私は魔境の謎を解くまで、ここを離れることができなくなってしまった」

「もう魔境で何人も死んでるんだぞ？　死んだとしても家賃はもらうからな」

俺がそう言うと、黙って話を聞いていたジェニファーとシルビアが声を上げた。

「私もちょっと魔境の謎について興味が出てきました！」

「そ、そ、その歴史書は我が一族の家宝として受け継がれてきたものだ。魔境の謎を解くことが私の宿命かもしれん」

「私モ気になるヨ！」

「たとえ、遺跡を見つけても地主は俺だ。宝を独り占めするような奴がいたら追い出すからな！」

俺がそう言うと、全員「いいだろう」と頷いていた。皆で探せば、裏切り者は出にくい。さらに遺跡が見つかれば、観光事業にも手が出せるというもの。金の匂いがする。

「悪い顔をシテル？」

チェルが俺の顔を覗き込んできた。

「善人になる気はねぇよ。ほら飯の支度だ。働けよー！」

俺たちは飯を食べながら、今後の体制について話し合った。

基本的に週のはじめに家賃を徴収。それは現金や品物でもいいし俺の利益になるようなことでもいい。その後、俺と誰かが軍の訓練施設へと向かい、物々交換をしてくると決めた。

「訓練施設にはチェルと行っていたけど変装が必要でね。荷物が持てて移動が速ければ誰でもいい」

「お二人の身体能力が異常なので、他の誰も付いていけないんじゃないかと思うんですが？」

「大丈夫。皆、魔境に慣れルル。問題ナシ！」

「あ、そうだ！　P・Jの手帳に時空魔法の習得が必須って書かれてるんだよ。誰か使えるか？」

「そんな魔法、失伝している。もし伝わっていたとしても、一部の魔族にしか伝わってないんじゃないのか？」

「もういないヨ。使ったら処刑されル」

時空魔法は魔族の間でも禁忌の魔法らしい。あわよくばチェルが知っているかと思ったが、知らないと言う。

「まぁ、いいや。P・Jの手帳には時魔法や空間魔法の魔法陣も描かれているみたいだから、いろいろ試してみよう」

チェル以外の三人は「こいつ、何言っているんだろう？」という目で俺を見てきた。

「アー、嘘だと思うカ？　マキョー、あれヤッテ。地面をズオーってやつ」

「やれと言われればやるけど……」

「みんな、見てテ」

チェルがワクワクして、俺を見た。やらざるを得ない空気。

洞窟の前、木材を乾燥させている場所から少し森に入った場所で、俺は地面に手をつけた。地中にある隆起する力に魔力で干渉し、一気に引き上げる。

ズオッ！

木々が擦《こす》れ合い、鳥の魔物が飛び立った。「キョェエエエ!!」とインプも叫び声を上げて逃げ出している。地面が一気に竜騎士、俺の足元に小さい山ができた。

「ナ！　マキョーは魔法を作れル」

「いや、チェル。俺は別に魔法を作っちゃいないぞ」

「おかしいと思っていましたが、これほどとは」

「このような魔法は見たことがない」

「つ、つ、土魔法だろうが……ど、どういう魔法なんだ？」

「いや、隆起する力を見つけて、魔力で干渉するだけだ。特に難しいことはしていない」

「意味わからナイけど、力を見つけタラ、マキョーは魔法を作れル」

「「「ほう……！」」」

三人とも感心しているようだが、何をそんなに驚いているのかわからない。

「普通は魔法を作る現場になんか居合わせないけど、マキョーは自分流の魔法を作ってしまうってことだな？」

「ソウ！　だから、マキョーは本当にイメージだけで魔法を試せルンダ。体系とか無視！」

「え、魔法って試したりするようなもんじゃないの？」

「普通は詠唱や呪文を教えてもらって、できるかできないかを知るくらいじゃないですか？」

「あ、俺、そういうのはできないよ。村のオババとかにも才能がないって言われてたし」

「デモ、詠唱とか呪文とかなく勝手に自分のイメージで作った魔法はできルル。つまり変人」

「なるほど！　そうだったんですね！」

「合点がいった！」

「そ、そ、そうではないかと思っていた」

三人は同時に手を打って納得していた。

「心外だな。とにかく魔境での方向性は決まった！　皆、各々《おのおの》自分のやるべきことをやるように！」


翌朝、俺が起きる頃には、全員が動き出していた。チェルとヘリーは窯作り。チェルは単純な労働力としてヘリーにスカウトされたらしい。ジェニファーは掃除と籠作り。掃除は病気予防に必要だし、採取用の籠はいくらあっても足りない。シルビアは俺を連れて魔物の狩り。というのも、沼で顔を洗っていたらシルビアが頭を下げて訓練してくれと頼んできたのだ。

「わ、わ、私を鍛えてください！　き、き、器用ではないし料理も苦手だ。強くなって魔物を狩るくらいしか私にできることはない」

「俺は人に教えられるほど強くないぞ。魔境でのサバイバル術みたいなことでいいか？」

「か、か、構わない！　それでお願いします！」

「わかった、わかった。あんまりその格好で近づくなよ」

布切れ一枚で迫られたら断れない。

「す、す、すまない！」

ようやく自分の姿に気がついたのか、坊主頭のシルビアは洞窟の方にすっ飛んで戻っていた。おそらく寝床でずっと自分の存在価値について考えていたのだろう。

「奴隷に成り下がった元貴族か。人よりもっと変わらないといけないんだろうな」

数時間後。

ザシュッ！　ザシュッ！

鉄の剣でシルビアがワイルドベアに斬りかかっていた。ただ厚い毛皮に阻まれて致命傷は与えられていない。

「同じことをしていても意味ないぞ」

シルビアが再び剣を振りかぶった瞬間、ワイルドベアから頭突きを食らっていた。

「おおっ、そりゃ痛い」

気絶するシルビアを置いといて、ワイルドベアの鼻にナイフを突き立てた。ワイルドベアは怯まず、前足で俺を引き裂こうと攻撃してくる。鼻に突き刺さっているナイフを引き抜き、右の前足を両断。鼻と前足からダラダラと血を流しているワイルドベアは口を開けて苦しそうだ。

獣の武器は爪か口。それに気をつけながら攻撃していくのがセオリーだ。シルビアもそう戦っていたが、攻撃に効果がないとわかったら違う方法をすぐに考えないと殺されてしまう。弱点を見極めて最短で攻撃。武器の一つでも奪えれば上出来だ。後は石を投げながら逃げても勝手に死ぬ。

ワイルドベアがいい加減苦しそうなので、ナイフで首を刎ね飛ばした。シルビアは戦術の切り替えとか弱点の見極めができていない。元貴族だからか、習った戦い方に固執しているのだろう。気付け薬を嗅がせてシルビアを起こした。

「もうちょっと生き残ろうとした方がいいぞ。魔境は剣術の訓練施設じゃないんだからな」

「ほ、ほ、他にどうすればいいのかわからない。か、か、変わりたいんだ！」

「とりあえず解体しながら、ワイルドベアの弱点がどこなのかよく見た方がいいんじゃないか？」

そう言って俺はシルビアにナイフを渡した。解体の仕方は知っているようで、魔石を取り出して必要のない内臓を捨て、肉から毛皮を剥いでいた。

「ど、ど、どこで戦い方を学んだ？」

「冒険者ギルドの講習を受けたくらい。後は全部、魔境で生活しながら覚えたんだよ。そもそも魔物に遭遇して戦うっていうのは面倒だろう？　罠にはめて殺した数の方が多いんじゃないかな」

「で、で、でも戦い方を知っているじゃないか？」

「よく見てるからな。慣れてくるとどういう動きをするのか予測もつく。ほら、骨だって内側には曲がるけど外側には曲がらないだろう？　攻撃されない位置に逃げたりするのも戦い方の一つだ。教えられたことを極めるのも大事だと思うけど同時に目の前にいる魔物を観察しながら自分のやり方を探っていくのもいいんじゃない？」

「か、か、観察。そ、そ、それもそうだな」

肉を笹の葉で包み、毛皮や薬になる肝や魔石をまとめて洞窟へと帰る。

ヘリーとチェルの窯作りはまだ終わっていないらしく、ジェニファーがパンを焼いていた。

「どうでした？」

「シルビアは解体が上手だ。美味しいところは昼に食べてしまおう」

ジェニファーは肉を受け取って、浮かない顔のシルビアを見た。

「気を落とさなくていいですよ。私だってこの魔境にはまだ全然慣れていないんですから」

そう言われたシルビアは「あ、あ、ありがと」と言って、鉄の剣を研ぎに沼へと向かった。

パンとワイルドベアのステーキが今日の昼飯だ。匂いにつられて、ヘリーとチェルも作業を中断して戻ってきた。

「窯はできそうなのか？」

「時間はかかりそうだね。あ、今週の回復薬は作っておいた」

ヘリーは回復薬が入った瓶を渡してきた。酒の空き瓶がある限り、回復薬は徴収できる。

「そうか、帳簿をつけないと」

「私も、木の実を入れるような籠ができました。大きいのはもうちょっと時間がかかるんですけど」

「午後は木の実の採取にでも出かけるか？」

俺がステーキに齧りついているシルビアを見ると、黙って頷いていた。

「私も行っていいですか？」

「よし、じゃあジェニファーも行こう。二人とも、もう少し魔境に慣れた方がいいもんな」

午後は三人で採取へ行くことに。魔境で食べられる木の実はまだよくわかっていないので毒見役はたくさんいた方がいい。昼飯を食べて、昼寝の準備をしていたらチェルに肩を叩かれた。

「なんだ？」

「窯ができたら、オーブンが欲しイ。窯を作ってテ思いついタ」

「料理するのか？　勝手に作っていいぞ。船を造ることも忘れるなよ」

「ンー」

気のない返事。相変わらず、この不法滞在者はあまり魔族の国に帰りたくはないようだ。

昼寝をしてからジェニファーとシルビアを連れて森へと潜る。

「木の実を採ったらちゃんと肌につけたりして、パッチテストをするようにね」

「魔境産の木の実ですからね。町で見ていた木の実でも毒があるかもしれないし、ものすごい渋いかもしれないんです」

「な、な、なるほど！」

シルビアは大きく頷いていた。

「ここら辺の木の実はフォレストラットに食べられてるなぁ。もうちょい奥に行くか」

俺の肩をカム実がガブガブと噛んでいた。とりあえず、もいで籠の中に入れておく。

「このくらいわかりやすい木の実だといいんだけどなぁ」

ちょっと奥に入ると枝葉の陰で暗くなり、木の実と魔物の糞の区別がつかなくなってくる。

「い、い、意外に危険な仕事だった」

「落ちている物は採らないようにしましょう」

徐々に目が慣れていき、木の実を探したが、触れた瞬間に爆発して種を飛ばしてきたり、採って数秒で腐敗したり、擬態したキノコで胞子を浴びせてきたり、魔境の植物は採取者に手厳しい。

「なかなか食べられそうな木の実はないな」

インプが「ギョェエエエ！」と近くで鳴いている。

「魔物がいる近くなら食べられる木の実もあるだろう」

鳴き声に近づいていくと木苺《きいちご》のようなベリー種の実がたくさんなっている木を発見。手のひらサイズのインプが鳴きながら、木の実を食べている。

「か、か、観察」

シルビアはインプと一定の距離を保ち、観察していた。ジェニファーはとっとと木の実を採取。

俺はパッチテストをしてから採取することに。木の実には黒い物から赤い物、まだ青い物もある。それぞれ汁を絞って腕に塗った。すぐに青い実の汁を塗った場所がヒリヒリと痛くなった。熟れていくほどに毒が消えていく実なのかもしれない。腕を水で洗っていると、ジェニファーが「あ〜〜！」と言いながら舌を出していた。

「いや、だからパッチテストしろって言っただろ？　インプたちも青い実には手を出してない」

「や、や、やっぱり観察は大事だ」

ジェニファーは水を口に含んで洗っていたが、洞窟に帰るまでずっとよだれを垂らして苦しんでいた。ちなみに赤い実はかなり酸っぱく、黒い実は甘かった。ドクヌケベリーと名付けておいた。

籠いっぱいのドクヌケベリーを採取して洞窟に戻る頃には、すっかり日が暮れていた。

シルビアがドクヌケベリーを鍋に移して煮ているとチェルが近寄ってジャムの匂いを嗅いでいた。

夕飯の後、チェルが今週分と言って魔法を使った組手をすることに。やはり経験が違うから魔法では勝てないが、速さとフェイントでどうにか撹乱《かくらん》しつつ、胸や腰など躱し難い場所を狙った。

「わ、わ、私も！」

そこにシルビアも参戦。結局、鍋のジャムはヘリーがかき混ぜていた。辺りには甘い香りが漂い、二メートルほどのビッグモスやヘルビートルがやってきたが、体が温まっていた俺とチェルの相手ではなかった。シルビアが解体し、使えそうな部位は武器や防具の材料にするのだとか。

「すごいな。武器や防具が作れるのか!?」

「い、い、いや、作ってみたいと思っていただけで、作ったことはない」

シルビアは恥ずかしそうにうつむいていた。

「材料はたくさんあるんだし、いろいろ作ってみてくれ。それで家賃を払ってくれてもいいから」

「わ、わ、わかった。やってみる！」

この時から、シルビアは魔境の武具屋になった。


翌日は午前中に全員で窯作りを手伝った。武具屋になったシルビアが炉を作りたいと言い始めたのだ。家賃もその方が早く回収できそうなので皆で手伝う。

基本的にヘリーが現場監督となり、乾いて固くなったレンガを図面通り積み上げていく。

「よく図面なんか描けるな」

「昔見た窯を思い出しているだけさ」

ヘリーはそう言いながら繋ぎで使う泥をこねていた。チェルはどうにか土魔法でできないかヘリーと何度も議論をしたらしいのだが、魔法で作ったものは魔法に弱く、あっさり崩れる。

「単純に燃料を魔石にするかもしれないから、仕方ない」

ヘリーに尻を叩かれながら、俺たちはひたすらレンガを積み上げていった。ある程度積み上げたら粘土を塗って乾かす。それが終われば、また別の所に積み上げていく。この繰り返し。

太陽が天高く昇ったところで、昼飯休憩。肉肉しいサンドイッチを食べていると、西の森からグリーンタイガーがこちらにやってきた。俺たちの住処に近づくなんて珍しい。余っていたヘイズタートルの足の骨を投げると美味そうにむしゃぶりついていたが、すぐに飽きてこちらを見てきた。

「何か訴えたいことでもあるんじゃないか？」

ヘリーが近づくと、グリーンタイガーは唸り声を上げた。自ら近づいておきながら、威嚇するなんて何かおかしい。俺が近づくとクンクンと手の匂いを嗅ぎ始め、下顎をくすぐるとグルルと甘えた声を出した。

「魔物使いの才能が開花したかな？」

「強いコトを察知したダケ」

「え、え、餌を求めてやってきたならちょっと太りすぎている」

冷静にシルビアが指摘した。そういえば、野生に生きてるくせにまるまると太っている。

「でも、縄張り争いで来たならもうちょっと戦う姿勢を……」

俺が言い切る前に、西の森から「ギャー!!」という叫び声が聞こえてきた。

「侵入者か。もしかしてお前、それで呼びに来てくれたのか？」

俺はグリーンタイガーに半分になったサンドイッチを食べさせ頭をガシガシ撫でた。

「マキョー！」

チェルが、いつも使っているナイフを投げて寄こした。俺はそれを空中で掴む。チェルは自分が一番使いやすい杖を持って、ローブを着ていた。

「とりあえず、他の皆は洞窟で待機！　いつでも逃げられるようにしておいてくれ！」

俺が「案内してくれ」と言うと、グリーンタイガーは「ガウ」と一鳴きして西の森へと走っていった。オジギ草やカミソリ草もあったが、魔境に慣れた俺たちは怪我をすることもなく躱していく。

小川まで辿り着くと、水しぶきがいくつも上がっている。スライムの群れが何か食べているらしい。俺たちはグリーンタイガーを撫でながら、しばらく様子見。

「ペッ！」

スライムの群れが吐き出したのはローブ姿の三人。全員呼吸は止まっているし、心臓も動いていない。死因は水の中で魔力切れを起こして溺死だろう。ローブをめくってみると、たくさんナイフが仕込んであった。暗殺者か。

「残念だったなぁ。武器を捨てれば助かったかもしれない」

「マキョー、こいつマークついてる」

チェルが死体の服を引き剥がして、腰に入れ墨を見つけた。形は三日月に十字。三人全員に入っていた。

グリーンタイガーが森の中から人の死体を咥えてきた。同じようなローブ姿の女で、全身に切傷があり、首の骨が折れている。魔境に侵入して、植物と魔物に殺されたのだろう。

「まだ、いたのか」

ローブを剥ぎ取るとやはり腰に三日月に十字の入れ墨があった。

「攻撃されてルネ？」

言われてみれば確かにそうだ。魔境はこの入れ墨の連中に攻撃されている。

「侵略を受けてるのか？　でも、全員死んじゃってると、どこの誰だかわからないままだぞ」

「生きてル奴、探そウ」

俺たちは周囲の森を探し回ったが、それ以降はまったく見つからなかった。

いるのはグリーンタイガーやワイルドボアの亜種ばかり。植物も魔物も川原に置いてきた死体を荒らし始めている。女の死体など、腕を半分持っていかれてしまった。

「死体そのままにして魔物に食べられたら、幽霊とかゾンビになるかもしれないよな」

「隊長に見せル？」

「それがいいか」

話していると不意に、ガサゴソッ！　と音がした。咄嗟に俺もチェルも武器を構える。

森の中から何かがこちらにやってきた。

「あ～、なんで道作らないんですかね？　もう」

「マキョー！　チェル～！」

「お、お、置いてかないでくれ」

茂みからひょっこり顔を出したのはジェニファーたちだった。

「なんだ、お前たちか。森の中で誰か見なかったか？」

「いや」

ヘリーが振り向いて森を見ながら答えた。俺たちが遅いので様子を見に来たらしい。

「あ、また死体ですか？」

「ああ。意外にこの魔境にも人が来るようになったらしい」

「コノ入れ墨、知ってル？」

チェルが死体を転がして、女性陣に腰にある三日月に十字の入れ墨を見せた。

「こ、こ、これは!?　きょ、きょ、教会の暗殺者集団じゃないか？」

「え!?　『ハシスの一六人』ですか？」

「こいつら一六人もいるのか？　これから何人来るんだ？　もう来てるのか？　めんどくせぇ」

「いや、全員で行動することはないと思いますけど、本当にそんな人たちがいるなんて知らなかったです。シルビアさんはどうして知ってるんです？」

「む、む、昔、父上が教会から脅されていた時に、『ハシスの一六人』という名を聞いた。つ、つ、『月に十字』の入れ墨を彫った者が来たら、家を捨てて逃げろと言われたことがある」

シルビアの父親は貴族だから、教会と反目し合うこともあったのだろう。

「なんでこの者たちが魔境に来るんだ？　教義に反することでも隠してるのか？」

「魔族にエルフの逃亡者、クビになった僧侶と没落貴族の生き残り、これで誰かに狙われない方がおかしい」

別に匿うつもりはなかったが、厄介な奴らばかりが魔境に集まっている。地主なら追い返したいと思うのが普通だ。

「それで、この死体はどうするつもりなのだ？」

ヘリーは死体を検分するように口の中や目を見ながら聞いてきた。

「焼くか、それとも隊長に引き渡すか、かな」

「暗殺者なのだろう。仲間が死体を放っておくかな？　死体を動かす術もあると聞く」

死体には情報が残る。もし、悪用されれば組織が壊滅しかねない。だとすれば、この死体を消すために再び暗殺者の集団がやってくるかもしれない。

「面倒だなぁ。杭に刺して晒しておくか？」

「ひどすぎル」

「じゃあ、やっぱり軍に任せよう。俺たちには対処できないし」

蔓で四人の死体を縛った。大人が四人も入る袋はないのでフキの葉で包みヤシの樹液で固める。

「じゃあ、ちょっと行ってくる。まだ森に仲間がいるかもしれないから油断しないように」

すでに日が傾いている。四人の死体を抱え、俺は小川を越えた。

森を抜け、軍の訓練施設へ。だいたい一時間ほど走り続けただろうか。建物が見えてきた。

「すみませーん！　魔境から来ましたー！」

いつも裏側から入るのだが、誰もいなかったので正面の門を叩いて人を呼んだ。若い軍人が門を開いて訝しげにこちらを見てきた。

「あ、すみません。東にある魔境から来たんですが……」

「ああっ！　お話は伺っています。どうぞ、中に！」

これで門前払いをされたら、ただ死体を抱えた不審者として捕まるところだ。

「まだ、こちらに来る日ではないですよね？」

「ええ、ちょっと侵入者が現れまして、隊長さんに相談しようと」

「なるほど。その重そうな荷物は？」

「侵入者の死体です。四体」

「えっ!?」

若い軍人は跳び上がって驚いていた。

「殺してないですよ。魔境に入った時点で魔物にやられてました。ただ暗殺者っぽいんですよね。『ハシスの一六人』とかいう人たちじゃないかと。それで証拠として持ってきたんです」

「うえ～!!　すぐに隊長を呼んできます！」

若い軍人は「隊長！」と叫びながらどこかへ走り去ってしまった。騒ぎを聞きつけた軍人たちも集まってきてしまった。

「何があったんですか？」

「暗殺者っぽいのが魔境に侵入してきまして」

という会話を五、六回して、ようやく隊長がやってきた。飯を作っていたのかエプロン姿だった。

「何かあったかい？」

「暗殺者らしき連中が魔境に侵入してきたんです。俺が見つけた時にはすでに死んでいて」

「その大きい荷物は？」

「死体です。四体。誰か松明持ってます？　樹液で固めてきたんで溶かせば証拠を見せられます」

「死体か!?　あ、じゃあこんな正面玄関じゃなく裏に！」

「ああ、すみません」

俺は隊長に裏庭へと案内された。訓練生の軍人たちも野次馬として付いてきた。ヤシの樹液を溶かして四人の死体を裏庭の芝生《しばふ》の上に転がすと、野次馬たちから「おー」と声が漏れていた。

「腰の辺りを見てください。三日月に十字の入れ墨が彫ってありますよね。自分はよく知らないんですけどうちの店子が『ハシスの一六人』じゃないかって……」

「なるほど、ちょっと難しい案件だね」

「魔境では扱えないと思いまして、急遽《きゅうきょ》持ってきたんですよ」

「とりあえず預かるけど、中央に問い合わせないと正確なことはわからないかもしれない」

「いや、この死体の正体を知りたいとかじゃなくて、魔境に死体があったら暗殺者の仲間に復讐されるんじゃないかと思って」

「じゃあ、燃やしてしまってもいいんだね？」

「どうぞ。ただ、こういう輩が来るということは何か魔境の悪い噂でも流れてるんですかね？」

「それで言うと、ちょうど話しておきたいことがあったんだ。ちょっと時間あるかい？」

「ええ、構いませんよ」

隊長は俺を案内しながら、集まっている部下たちに指示を出していた。

「死体安置所にこの四人を入れておけ。医療班は解剖を頼む。教会の連中にはまだ連絡するな」

隊長はいつもの取引する小屋に俺を案内して二人きりになった。

「実は以前、言っていた魔境の領有権についてなんだけどね」

隊長は椅子に座るなり、話し始めた。

「どうなりました？」

「おそらく、あと三日ほどで証書がこの訓練施設まで届くと思う。その時点であの魔境はマキョーくんの領地となるはずだ」

「そうなんですね。ありがとうございます」

そもそも不動産屋から買った時点で、俺の土地だと思っていたので不思議な感じだ。これで国に認められた地主になれるのか。

「あ、貴族の仲間入りだね。おめでとうございます」

「は？　貴族？　俺が？」

「領地の大きさからすれば当然だよ。まぁ、今はその話は置いといて三日の間にイーストケニアにいる貴族の私兵と冒険者たちが魔境に侵攻するかもしれないんだ」

「え⁉　なんで？」

「正式に領地と決まる前なら、この訓練施設にいる軍もそう簡単には動けない。侵攻にはこの上ないタイミングなんだよ」

「動けないのは軍に大義名分がないからですか？」

「そうだ。だから、今日から三日間はどうにか自分たちだけで魔境を守ってくれ」

「そう言われても……」

俺を含めて五人しかいないっていうのに、どうやって守るんだ。

「まぁ、貴族になる前哨戦としてここは堪《こら》えどころだ。期待してるよ」

「期待されても。でも、魔境は思っている以上に広いと思いますよ。侵攻したとして三日で奪えるかなぁ。向こうは何人くらいいるんですかね？」

「一〇〇〇や二〇〇〇ほどだと思う。イーストケニアの守備もあるからね」

「勘弁してくださいよ。無理ですよ」

「大丈夫だ。魔境には強力な杖があるだろ？」

「たとえ魔境を守れたとして、大量の死体が出ますよね。どうすればいいんですか？」

「焼いてしまって構わない。なんだったら三日後にイーストケニアへ送り返してもいい。領地として認められれば、こちらの軍も動けるしね」

「魔境防衛戦ですか。そもそも侵攻できるような場所とは思えないんですけどね」

「頑張ってくれ。イーストケニアがこれ以上、力をつけるとエルフの国と本格的な戦争に突入していくかもしれない。それだけは防ぎたいんだ」

イーストケニアはエルフの国と接しているので、外交上の問題が多そうだ。すでに反乱の時に小競り合いもあったみたいだし、いろいろ大変なのだろう。

「やれるだけやってみます」

【魔境の防衛戦】

　イーストケニアから侵攻されるかもしれないと全員に報《しら》せると、翌日から防衛戦のための作戦が始まった。

「基本的には地形を利用した罠を仕掛けてはめていくつもりだ。そもそも五対二〇〇〇とか戦いにすらならないからな」

「リョーカーイ！」

　チェルはわかっているのかいないのかなぜかテンションが高い。シルビアは仇討《かたき》ちのような戦いなので鼻息を荒くしているし、ヘリーとジェニファーは面倒くさそう。

「自分の領地を放っておいて魔境に来るなんて不毛だねぇ」

「お互いにこれからって時に戦ってどうするんです？」

　文句を言っていても敵が魔境に来てしまうので、とっとと落とし穴を掘っていく。

「いやはや原始時代のようだな」

「他に案はあるのか？」

　文句ばかり言うヘリーに聞いた。

「マキョーが地形を変えて迷路にすればいいんじゃないか？」

「迷路！　いいナ！」

　迷路と言っても迂回されたら意味がないように思うが、ないよりはマシなので考えることに。正直、落とし穴は慣れていたので作業がすぐに終わってしまった。

迷路と言っても丘をいくつも作るだけだ。地面に魔力を放ち、隆起する力に干渉して引っ張り上げ、拠点である洞窟まで辿り着くのに、いくつも丘を越えなくてはならないようにしておく。谷部分を進んでいくとスイミン花の花畑に誘導されるようにもした。

「他に何かないか？　なるべく白兵戦はしたくない」

「ま、ま、魔物を使わないか？」

シルビアが血や肉を使って魔物をおびき寄せ、敵兵と戦わせようと提案してきた。すぐにできそうなので沼にいたヘイズタートルをさくっと討伐。血と肉を手に入れた。マンドラゴラも慎重に捕まえてきて、入口付近に仕掛けておいた。

「他には？」

「魔法陣がイイ」

チェルは前にアラクネの巣を爆破させたのが忘れられないらしい。隆起させた丘の上に爆発の魔法陣を描いていく。危険なので描いたらすぐにその場を離れた。

「向こうが野営するなら兵站を潰したいですよね？」

「奴らの食料に毒でも仕込むか？」

「地面に埋めたスイミン花が熟成されている頃じゃないか？」

ヘリーが言った。確かにスイミン花を水に漬け込んで睡眠薬を作っていたな。

「ヤシの樹液で簡単な壺を作ろう。火ですぐに溶けるし、物資にぶっかけたら使い捨てればいいだろう」

ヤシの樹液で壺を作り、中に睡眠薬を入れる。睡眠薬が入っていた穴を開けた時点でヘリーが眠ってしまったので効果は保証できる。眠ってしまったヘリーの鼻に気付け薬の棒を突っ込むと、咽《むせ》ながら起きた。

「ゴホッ、睡眠薬をそこら中に仕掛けて逃げればいい」

「確かに、逃げるのも兵法か」

非常食や生活用品などをまとめる。

「み、み、皆の武器は?」

俺はP・Jのナイフがあるしチェルは魔法と杖がある。ヘリーはトレントの枝で弓を作るらしい。

「ジェニファーは武器あるのか?」

「前はヘビークラブとか笏《しゃく》とか棒状の物で戦ってましたけど……」

チェルは大きな魔石が付いた長めの杖をジェニファーに渡していた。付いているのはラーミアの魔石で石化の効果がある。シルビアはちょっと曲がった鉄の剣。それが一番手に馴染むのだとか。

準備している間に昼になってしまったが、今のところ敵が来る気配はない。飯を食べて入口の小川で反対側の森を見ていたら、遠くの方から太鼓を叩く音が聞こえてきた。

「き、き、来た」

「まだ敵も見えてないっていうのに、味方を鼓舞してどうするんだ? よくわからん」

「森を抜けてもこの川原で二〇〇〇人も隊列組めないと思いますけど」

各々、反応が違う。ひとまず、魔法陣を踏まないように丘の上で待機。

かなり待ったが夕方近くになっても敵の姿は見えなかった。

「に、に、人数が多いとこんな深い森では移動しにくいはず」

「魔境に辿り着く前に終わるんじゃないだろうね」

シルビアとヘリーは非常食の燻製肉を齧りながら小川の反対側にある森を見ていた。

「やー！」

「うわぁー！」

雄叫びや悲鳴が聞こえてきた。どうやら森で魔物と戦っているらしい。

「魔境に入る前の訓練かぁ」

「じゃあ、私は洞窟でパンでも焼いてきますね」

座って見ていたジェニファーは立ち上がり、尻を叩いて草を払った。

「じゃあ、私モー」

チェルも戻るらしい。一応何かがあった時のために、ヘリーとシルビアと待っていたのだが、日が暮れてしまったので、俺たちは一度洞窟へと戻ることに。

「イーストケニアに侵攻した時もこんな感じだったのか？」

「い、い、いや、城に内通者が複数いた。あ、あ、後は金で裏切っていく者が多かったと思う」

「じゃあ、ここにも内通者が何人もいるかもしれんな」

ヘリーはそう予想して、すぐに「ないな」と一人で納得していた。魔境にいるのは仲間から、あるいは国から追放された者たちばかり。内通したところで得はないだろう。

夕飯はパンとジビエディアのステーキ、それからヘイズタートルのスープ。戦いに備えてたくさん食べるのかと思ったら、ジェニファーは在庫整理のためだと言う。

「腐らせてもしょうがないですからね」

「そういえば忘れてたけど、この戦いが終わったら、俺、貴族になるかもしれないんだ」

「エ〜！　貴族〜！」

「ならん方がいいぞ。碌《ろく》でもない連中と付き合うことになる」

チェルとヘリーは反対のようだ。というかヘリーは貴族だったことがあるのか。

「確認なんだけど、この中で貴族だったことある奴いるか？」

意外にもシルビア、ヘリー、チェルの三人が手を挙げた。五人中三人が元貴族か。

横にいたジェニファーが、今まで見たことない怖い顔でステーキにがっついていた。

「実際、貴族って何をやればいいんだ？」

「領地の運営だな」

「メッチャ子作り」

「く、く、国のために生命を賭《と》して戦う」

「実務を教えてくれ」

「インフラの整備だ。それから近隣の領地との調整もだな」

「夜、ガンバ！」

「ひ、ひ、日々の鍛錬と戦略と戦術の勉強」

「やっぱりね、教育ですよ！　一番大事なのは教育れす！　あれ？」

唯一貴族を経験してないジェニファーがワインを呷《あお》って立ち上がった。足元がおぼつかない。

「バカ！　それは睡眠薬だ！」

ヘリーがジェニファーから瓶を取り上げたが、時すでに遅し。ジェニファーはカクンと倒れた。

「これは明日、一日ジェニファーは使いものにならないかもしれない」

ヘリーは瓶の中に入っている睡眠薬の残量を見ながら言った。

夜が更けても、未だ侵攻してくる気配はない。


夜明け前、ボカンという爆発音が聞こえた。取るものもとりあえず洞窟の外に出てみると、西の空に煙が立ち上っていた。

「丘に仕掛けた魔法陣か？」

「お、お、おそらく」

焚き火の番をしていたシルビアが答えた。他の奴らものそのそ起き出している。シルビアを連れて、様子を見に行ったら、巨大なワイルドボアが前足をふっ飛ばされた状態で倒れていただけだった。解体して魔石と肉を回収していたら、自然と魔物たちも集まってきてしまう。

せっかく罠を仕掛けているのに、壊されたら堪《たま》ったもんじゃない。できるだけ罠を迂回し、南へ向けて、血や大きすぎる皮を魔境の森にばら撒いていった。

「も、も、森に、ま、ま、魔物が増えるんじゃや……」

「しょうがないだろ？　一時的なもんだ。増えたら狩ってくれ。魔境の武器を作る時にも役立つ」

戻って魔法陣を仕掛け直そうと思ったら、チェルたちも丘の上に来ている。

「来てるヨ」

チェルが入口の方を指さした。小川の向こうでは冒険者風の男たちが木を切り倒している。

「橋を作ってこちらに渡ろうとしているようなんです」

深い眠りから覚めていつもより元気になったジェニファーが燻製肉を齧りながら、「腹が減っては戦はできぬ、と申します」と全員に燻製肉とカム実を配り始めた。

「向こうの森は軍の施設なんじゃなかった？　木を切っていいのか？」

「良くはないだろうな。まぁ、脅威の殲滅のため仕方がなかったとか理由はつけられるだろうが」

「マキョー、どうスル？」

「待ち、だな。何かあれば魔物たちに手伝ってもらおう。バーベキューの準備でもしてればいい」

「バーベキューな」

チェルは納得していたが、他の三人は「こんな時にバーベキュー？」と首を傾げていた。

「バーベキューの匂いで魔物を呼ぶんだヨ」

「「「ああ！！」」」

チェルが説明してようやく理解してくれたようだ。

「とりあえず魔法陣を描き直そう」

俺は地面に爆発の魔法陣を描いて、待機する。

小川の向こうでは、イーストケニアから来た兵たちが切り倒した丸太で橋をかけ始めた。

「よーし！　突入するぞー！」

幅広の橋ができあがると、この前見た魔道士の号令で続々と兵たちが魔境に入ってきた。

「ギャー！」

兵たちはエメラルドモンキーやインプにからかわれながら、落とし穴にハマり大絶叫。オジギ草に片足を食いちぎられ川辺に戻っていく者や、ヤシの樹液で顔が塞がりもんどりを打つ者など、どんどん脱落していっている。

「止まれ！　魔法にて焼き尽くす！」

魔道士の指示により、兵たちは一時退避。魔道士は呪文を唱え始めた。

「あの魔道士さえ殺してしまえば、侵攻も終わるのではないか？」

「やってみるか？」

ヘリーは弓を構え、矢を射る。ヒュンという風切り音がして飛んでいった矢は魔道士の胸に直撃。

「グゲッ！」

鉄の鎧を着ていたため途中で止まったが、魔道士は胸を押さえて蹲《うずくま》った。

「うまいな」

「殺しそびれた」

ヘリーは当たったことより殺せなかったことが悔しいようだ。

「敵だ！　魔道士様を守れ！」

兵たちが魔道士の周りを囲み、橋を渡って撤退していく。小川の前に残ったのは冒険者風の男たちだけ。先ほどまで木を切り倒していたが、魔道士が戦闘不能になっても動じている様子はない。

「あ、あ、あれが主力部隊！　わ、わ、私を捕まえたのもあいつらだ！」

「じゃあ、風上でバーベキューでもするか」

俺たちが小川の上流へ行き肉を焼こうとしたら、冒険者風の男たちが異常な行動を取り始めた。

逃げた兵たちに魔物の血をぶっかけて、そのまま魔境の森に向かって走らせたのだ。

「ギャー！」

「死ぬー！」

当たり前だが、血だらけの兵たちは植物や魔物に襲われてあっさり死んでいく。冒険者風の男たちは黙ってその様子を見ながら、自分たちが侵入するルートを確認しているようだ。

「敗者に生存権などないということだろう」

冒険者風の男たちは魔道士のそばに付いている兵たちも脅して血を浴びせていた。魔道士の実力を見限ったのかもしれない。

血だらけの兵たちは一斉に魔境の森に入っていく。

ボカンッ！

丘の上に仕掛けた魔法陣が起動し、爆発が起こり、落とし穴に落ちた者は痺れて眠る。数で押されれば、いずれ俺たちがいる丘にも辿り着くだろう。戦争は予定通りには進まない。

「作戦変更だ。こちらもやれることをやろう」

爆発音がする中、魔境の森を南へ走った。魔物たちが集まってきているうちに準備をしておく。

地形を隆起させてコの字型に行き止まりを作って、行き止まりの地面を少しだけ沈下させる。隆起させることができれば沈下させることも問題はなかった。窪んだ地面にバーベキュー用に取っておいた肉や、用意しておいた魔物の血や脂をばら撒いていくだけ。

すぐに肉の匂いに釣られ、続々と魔物たちが集まってくる。グリーンタイガーにラーミアの他、ヘイズタートルやゴールデンバット、キングアナコンダまでやってきた。

「後はタイミングだな」

俺は丘に上がり、森を見た。相変わらず、血だらけの兵たちが森の中を駆けずり回り、爆発が度々起こっている。

「手分けして爆発の魔法陣を描いていこう。敵に遭遇したら、眠り薬を投げつけてやれ。敵を迷路に追い込むぞ！」

「リョーカイ！」

チェルたちに魔法陣を描いてもらう。幾度か爆発音があったが、徐々に丘の上が危険だということがわかったのか、敵は谷部分を進んでいるようだ。最終地点はスイミン花の花畑なので、先を走っていた者たちは今頃、眠っているだろう。

落とし穴が兵で埋まり、丘で爆発も起きなくなった頃、冒険者風の男たちが動き始めた。鉈《なた》で森を切り開きながら慎重に侵攻してくる。オジギ草やヤシの葉を切り、特性を見ながら進んでいる。

「マダ？」

「まだまだ」

チェルは今か今かと魔力を練り上げて待っていた。

日の光が陰り、冒険者風の男たちの姿が見えなくなった頃、俺たちは作戦を実行に移す。

「そろそろ行くぞ」

まず、俺は入口付近の川辺を隆起させて、迷路の入口を塞ぐ。チェルたちは森の南へ向かい、窪地にいる魔物たちの後ろで火を起こし始める。肉をむさぼっていた魔物たちは火と煙によって混乱し、興奮状態。後は俺が行き止まりになっている丘を平地に戻す。

「グァアア!!」

「フゴゴゴ!!」

「ギギャギャギャ!!」

「キャァアア!!」

魔物たちが一斉に迷路に飛び出した。眠っている兵たちを踏みつけ、血だらけの兵たちに噛み付き、奥へ奥へと進み始める。

冒険者風の男たちも異変に気づき、元来た道を戻ろうとしたが、すでに塞がっており、丘を登ろうとした。「やめておけ！ 爆発するぞ！」と言う男の声が聞こえてくる。すっかり魔境の丘は爆発すると思い込んでくれているらしい。

冒険者風の男たちは魔物の群れと戦うか、先へと逃げるかの選択肢だけが残る。冒険者風の男たちは六人。かたや魔物の群れは大型のものだけでも三〇頭はいる。今度はこちらが数で優勢となった。男たちはスイミン花の花畑へと逃げていくしかなくなった。

俺たちが見に行くと花畑には兵や男たちの他、魔物の群れも倒れ、眠っていた。

「急な作戦変更だったのに、こんなにうまくいくとはな」

「地形を操るマキョーさんしかできませんよ。こんなこと」

「仲間の兵の無駄遣いだ。魔境では慎重さと根気だけが生き残る術《すべ》だ」

「あ、あ、あいつらはど、ど、どうするんだ？」

シルビアが眠った奴らを見た。このまま眠り続ければスイミン花に血を吸われ腐っていくだろう。

「あれ？ あいつら幽霊になったりするんじゃ。とっととヤシの樹液でスイミン花を固めるぞ！」

全員に有無を言わさず命令。スイミン花にヤシの樹液を垂らして固め、とりあえず男たちを捕縛。

魔物たちは放っておく。

「落とし穴の奴らも拾っておいた方がいいか？」

「ああ、死体もまとめて返そう。ヘリーとジェニファーはどんな方法を使ってもいいから、死んだ奴らを成仏させてくれ。なんだったら家賃を減額してもいい」

「幽霊が出たら対処するが、まだいいだろ？　だいたい爆発して飛び散っちゃっている奴らだっているんだから全員は回収できない」

「マキョーさんは怖がりすぎですよ。それより早く回収しちゃいましょう」

落とし穴から眠っている血だらけの兵と死体を拾い上げ、川辺に並べた。眠っている者はヤシの樹液で固め、スライムに噛ませて魔力切れを起こさせておく。

五〇名ほどの生存者と一〇〇体ほどの死体を回収。後は爆死か、植物と魔物に食われたので見つけられない。そもそも魔境に入ってすらいない者も多いようだ。イーストケニアの兵たちが作った橋を渡り、未だ残っている魔道士のもとへ向かった。胸に包帯を巻かれて苦しんでいる魔道士は俺の顔を見て、血の気が引いていた。周囲の兵も同様に俺の姿を見て怯えている。

「まだやるか？」

魔道士は首を横に振った。

「負傷者と死者は返してやる。その代わり二度と魔境に来るんじゃない。いいな！」

その場にいる全員が首を縦に振った。これにて魔境とイーストケニアの戦争は終わり。

日が傾き始めている。川原から負傷者と死体が生き残った兵たちによって運ばれていくのを見ながら、俺たちは夕飯の燻製肉を食べていた。隊長には明日、報告することにして今日は休むことにした。

朝、目が覚めて洞窟を出ると、チェルがパンを焼いていた。

「おはよう」

「オハヨー」

シルビアは朝の調練をしてきたのか木刀を脇に抱え、汗びっしょり。ジェニファーはつまみ食いをしながら、燻製肉を切っている。ヘリーはまだ起きてない。エルフは低血圧なのかも。

いつもの魔境の日常だ。俺は沼で顔を洗い、壊滅している畑の様子を見に行った。

「野菜作りは諦めるか。食べられる植物を探した方が早い気がする」

太陽の光が沼に反射してまぶしい。ようやく魔境防衛戦を成し遂げたという実感が湧いてきた。

「今日はどうするんだ？　できれば窯作りの続きをしておきたいんだが……」

「ダメダメ。先に片付けだヨ」

「スイミン花の花畑で魔石と肉の回収ですね？」

「俺は訓練施設の隊長に報告しに行かないと。イーストケニアの連中はちゃんと帰ったのか？」

「ま、ま、魔境の近くでは見てない」

朝練をしていたシルビアが確認していた。

「なら帰ったのかな。イーストケニアから第二陣が来るかもしれない。その前に一っ走り、軍に報告してくる。後で片付けに合流するよ」

「リョーカイ」

籠にカム実とフキの葉に包んだ肉をお土産《みやげ》に、訓練施設へ事情を説明しに向かう。丘で作った迷路を通り、小川にかかる橋を渡る。

森の地面は踏み荒らされており魔物たちの姿は見えない。魔境侵攻の影響がこういうところに出ているようだ。訓練のための魔物まで討伐してしまうと軍も困るだろう。

やがて森を抜けて、訓練施設の畑に出た。畑では兵たちが作業中。その中に隊長の姿もある。

「おう！　マキョーくん、来たか！」

親戚のおじさんのように挨拶してくれた。まだ、侵攻があったことは知らないのかな。

「おはようございます」

隊長は作業の手を止め、部下たちに「後やっておいてくれ」と指示を出していた。

「実は昨日、イーストケニアから兵が魔境に侵攻してきたんですよ」

「えっ⁉　本当か？　こちらも警戒していたが、そんな情報来てないぞ。それで魔境は？」

「無事です。多少地形が変わったくらいで」

「地形が変わるほどの攻撃があったのかい⁉」

隊長が驚いたので、畑にいた兵たちが顔を上げてこちらを見た。

「迷路を作って追い込んだんですよ」

「なんだ。マキョー君たちが地形を変えたのか。それでイーストケニアの兵はどうしたんだ？」

「負傷者と死者が一五〇人ほど出たので帰ったみたいですね。前に崖の所にいた魔道士も来ていたので、『二度と来るな』と警告はしておきました」

「防衛成功だな。ん？　ちょっと待てよ。魔境には今何人がいるんだ？」

「えーっと、俺を含めて五人ですね」

「五人で一五〇人を相手にしたのか？」

「もっと来ていたみたいですけど、魔境に入ってきたのはそれくらいです」

隊長は大きく頷いて笑みを浮かべた。

「隊長、その話が本当ならイーストケニアは今守備が手薄なんじゃ……」

近くで聞いていた隊長の部下が話に入ってきた。

「ああ、斥候部隊を呼んでイーストケニアに走らせろ。『魔境で軍事力を削られてエルフの国との国境線を守れませんでした』なんてことになったら領主として話にならん」

隊長が指示を出すと、部下は建物の方に走っていった。

「これで、エスティニア王国側からエルフの国に仕掛けるようなことはなくなった。鼻っ柱を折ってくれてどうもありがとう」

隊長は深々と頭を下げた。俺たちからすれば、突然やってきたから追い返しただけだ。

「あ、これお土産です。魔境産の果物と肉です。果物は気をつけて食べてください」

「いや、すまんな。本来、イーストケニアの兵を止めるのは我々の役目だ。その上、こんな気を使ってもらってはこちらの立つ瀬がない」

隊長はポリポリと頭を掻いて受け取ってくれた。

「おーい、小麦粉の袋を用意してあげてくれ。それから野菜も！」

「ありがとうございます。魔境での畑作りは難しいので、野菜が一番嬉しいです」

「マキョーくん、もうちょっと欲を出してくれ。あ、そうだ！　今日の夕方頃に領有権の証書がこの訓練施設に届くはずなんだ」

「そうですか。良かった」

これで、ようやく正式に魔境が俺の土地になるのか。どんどん家賃を取っていこう。

「晴れて、マキョー君も領主だ。貴族の仲間入りだな！」

「やっぱり貴族になるんですかね？」

「なるだろうな。辺境伯か魔境伯か、そこら辺は王様のセンスだろう。貴族になってくれたら、こちらもある程度動けるから、侵攻されるようなことはないと思う」

「それはいいんですけどね。貴族になるために王都まで行かないといけないんでしょうか？」

「もちろん儀式があるから行くことになるだろうな。馬車を用意してくれるはずだ。昔、一度だけ貴族の馬車を護衛したことがある」

魔境に来てから初の遠出だ。しかも貴族になるための旅だなんて。冒険者ギルドで腐っていた頃の自分に聞かせてあげたい。

「それっていつ出発になりますかね？」

「早ければ、明日にでも。馬車だけならすぐに用意できるからなぁ」

「明日ですか？　魔境の生活もありますし、気持ちも追いついてないんですけど……」

「大丈夫。国王が肩に剣を当てて『辺境伯に任命する』って言うだけだから。服も貸衣装でいい。なんだったら軍の方で用意するぞ。いや、その方がいいな。散々、世話になっているんだから、王都の軍本部に手紙を書いておくよ」

隊長はそう言って汗を拭い、建物の方に向かおうとしている。

どんどん俺の人生が決まっていってしまう。俺は本当に貴族になるのか？　全然、実感がない。

「隊長、王都まで何日くらいかかるんですか？」

「五日くらいじゃないかな。そうか、マキョーくんの旅の準備もあるよな。ここから魔境に帰るのに、半日くらいはかかるかい？」

「いや、俺の足なら半刻かからないくらいですよ」

「だったら、夕方にまた来てくれ。こちらも護衛の選出と旅費の準備をしておくから」

「そうですよね！　旅費必要ですよね!?」

野宿というわけにもいかないか。多少なりとも金が必要になる。ただ金なんてあったかな。

「ああ、旅費も宿も国が出すし、心配はいらない。着替えだけ持ってきてくれればいいから」

「着替え!?」

「まさか魔境生活は着替えないのかい？」

「いや、あります！」

インナーは三着くらいしか残っていないはずだ。途中の宿で洗濯するか。

「とりあえず、旅の準備をしてくればいいんですね？」

「そうだ」

「わかりました。ちょっと魔境に戻ります」

俺はそう言うと、部下が用意してくれた小麦粉の袋と野菜をお土産と交換してとっとと帰る。

三〇分ほどで魔境のスイミン花の花畑に辿り着いた。皆、マスクをしてスイミン花にヤシの樹液をかけながら、魔物を回収している。

「作業は進んでいるか？」

「ダメ、花に血を吸われテル」

「肉が傷んでるんですよ。魔石と毛皮だけでも回収しようと思って」

「腐食した肉や脂は益虫を育てるのに役立つのだ。マキョーの方から二人に言ってくれないか？」

「ぶ、ぶ、武具屋としては魔物の骨は見過ごせない」

ヘリーとシルビアは全て回収したいらしい。

「作業中悪いんだけど、俺、明日くらいには貴族になるために王都に旅立たないといけないんだ」

「夕方、また来いって言われててさ。準備が必要なんだ。誰か金とリュックを持ってるか？」

「「「「それで？」」」」

「少しだけならありますよ。リュックも魔獣が来た時にどこかに行ってなければ洞窟にあると思います」

ジェニファーだけが頼りだった。

「借りていいか？」

「いいですよ。じゃあ、昼までにここの魔物をやっつけちゃいましょう」

俺もマスクをして作業に加わった。P・Jのナイフを使えば、サクサク進む。腹を割いて魔石を取り出し、内臓はその辺に捨てておくと勝手に植物が食べてくれる。首を切断して脚に切れ込みを入れて皮を剥げばいいだけ。そう思っていたのだが、ラーミアは魔石くらいしか取り出せなかった。後は欲しいというヘリーとシルビアに丸投げ。

「血がナイの楽」

チェルは袋に魔石を詰めていた。

「ちょっとだけでいいから手伝ってくれないか？」

「お、お、重くて」

ヘリーとシルビアは弱音を吐いていた。どこに運ぶのか聞くと、とりあえず魔物の肉と骨は落とし穴に放り込んで埋めるらしい。そうすれば益虫も寄ってくるし、きれいに骨も採取できるそうだ。

全員でやればそんなに時間のかかることでもない。

昼過ぎに作業が終わり、洞窟に戻った。昼飯を食べながら俺がいない間について話し合う。

「どうせ、魔境から出られないカラ」

「確かに、作業は多いですよね」

「窯作りをしないといけない」

「わ、わ、私は武具の材料を探す」

四人とも忙しいようで、魔境から出ようとする者はいないらしい。

「じゃあ、死なないように頑張ってくれ。ジェニファー、金は後で返す」

「わかりました。今のところ、魔境で使う当てはないんですけどね」

昼寝をして日が傾き始めた頃、俺は魔境を出た。

訓練施設に行くと、しっかり領有権の証書と辺境伯就任の手紙が届いていた。馬車は訓練施設にある物を使うようにとのこと。

「今、護衛を選出しているところだ。必要な物資があれば言ってくれ」

隊長がそう言うので、着替えを二着ほど頼んでおいた。その日は用意されていた訓練施設の一室で眠った。興奮して眠れないかと思ったが深く考えないようにした途端、睡魔が襲ってきた。

～残された魔境生活～【チェル篇】

マキョーが貴族になるために旅に出た。一〇日後には帰ってくるらしい。

私が魔族の国・メイジュ王国から魔境に来て一ヶ月ほどだろうか。あまりに濃密な時間を過ごしているせいで、一年以上経っている気がする。

思えば、メイジュ王国での生活は平凡な毎日だった。城の図書室で魔法書を読んでは新しい魔法を試し、父の警告も聞かないで城下町へと繰り出し庶民とばかり遊んでいた。

魔法学院にも通ったが、皆、私の手に触れないように避けるので、友達と呼べる者はいなかった。

私は手で触れると、魔力を通して人の強さがおおよそわかってしまう。人の強さは筋肉や魔力量、骨密度などによって数値化できる。一応、伯爵家なので精神魔法の類《たぐい》も学び、そういう魔法から身を守ることも覚えた。だが、この能力は他者にとって畏怖《いふ》の対象であったらしい。

そんな日々が続いたある日、転機が訪れた。魔王の死だ。

代々、魔王は女と決まっていて、どうやら次の魔王には私が選ばれていたらしい。もっと王族に近い娘たちもいたらしいが、民の心がわかる私を指名したのだとか。先代もはた迷惑な遺言《ゆいごん》を残したものだ。

怒ったのは公爵家の者たちで、暗殺者たちがうちの領内に送り込まれた。私はすぐに王位継承権の放棄を宣言。次期魔王には公爵家の娘を指名したのだが、魔族の首長議会がそれを許さなかった。命だけは助かったが、居心地の悪い日々が続いた。

その間に疫病が流行《はや》り、国は混乱した。私が王位を継がなかったせいだとあらぬ噂を流され、我が家が呪われた一族として広まっていった。おそらく公爵家の者の仕業だ。領内の評判はガタ落ち。首長議会も私を推す理由がなくなった。

そうして、公爵家の娘は晴れて魔王に即位した。即位式で、彼女から握手を求められた私はいつもの癖で魔王の強さを測ってしまった。庶民よりも弱い数値が出てしまい、即位できたとしても魔王になるには時間がかかるのだと理解した。

その夜、先代の魔王の霊に呼ばれ霊廟《れいびょう》へと向かった。待っていた魔王の霊は、私を厳しく問い詰めた。

「なぜ魔王にならなかった？　このままではメイジュ王国は破滅へと向かうだろう」

「仕方がありませんよ。私に統率力はありませんから」

「あの偽魔王の一族から呪われているぞ」

「知っています。それくらいしかできない一族ですから。金の力で呪術師を雇ったようです」

「メイジュ王国から逃げろ。海を渡れ。人族も戦争のことは忘れているだろう。この国にいてもずっと命を狙われるだけだ」

人族との戦争は本で読んだ。海を渡った人族の国には見たこともない果物や魔道具があり、都市が空中に浮かんでいるらしい。

「考えておきます」

そう返すと、先代の魔王は煙のように消えてしまった。

二日後、うちの城に攻撃が開始された。用意できたのは小さな帆船《はんせん》。私が囮になれば、父や母は逃げられる。迷いはなかった。魔王が放った賊に追われ攻撃されながら海に出たが、大時化《しけ》に遭遇してしまい、あっさり船は転覆した。

目を覚ました時には、この魔境にいたのだ。

初めてマキョーに会った時、あいつは海から塩を作っていたのを覚えている。たった一人でサバイバル生活をしていたようで、随分寂しそうだった。言葉はわからなかったが、夜、マキョーが寝静まったら、何度も口の形や発声法を真似て言葉を覚えた。

今では普通に会話ができるのだが馬鹿のフリをしている。自分の能力や強さを明かしてしまうと、メイジュ王国に住んでいた時のように避けられたり、争いの火種になったりするからだ。

というか、マキョーの強さを測った瞬間にどれだけ自分がちっぽけな世界で生きてきたのかを知った。人族は魔族が太刀打ちできる相手じゃない。よくご先祖様はこんな相手と戦争したと感心するほどだった。ところが人族が皆、マキョーのような強さを持っているわけではないと知ったのはジェニファーが来てからだ。

「チェルさん、一緒に木の実の採集に出かけませんか？」

マキョーが王都に行っている間、ジェニファーに誘われた。この女はマキョーの前ではずっと猫をかぶっている。雑務くらいしかこなせない、か弱い僧侶を演じ続けている。

「キャー！　魔物です！　チェルさん、魔法でやっつけちゃってくださいよ！」

「自分でできるダロ」

私は冷たく言って、苦い葉を採取していく。実際、ジェニファーがここら辺の魔物にやられることはない。そもそも魔境で倒れて無事だった時点でおかしい。

着痩せしているが、足と腰の筋肉が女の身体にしては発達しすぎている。前のパーティーではおそらく盾役をしていたはずだ。僧侶の衣装も敵を引きつけるために着ていたのではないかと疑ってしまう。回復しながら敵を引きつけている間に味方が敵を殲滅する。いい戦術だと思う。しかも、私の精神魔法もあっさり見破り、牽制までしてくるのだから、相当な手練《てだれ》だ。なのに、今も小さいインプに苦戦している風を装っている。

「盾を使ったらどうダ?」

パンッという破裂音と共に、インプの頭部がなくなった。

「私が盾を使うなんて、鬼に金棒を持たせるようなものじゃありませんか? 意味ありますか?」

ジェニファーは裏拳だけでインプの頭を弾き飛ばしたらしい。

「能力を隠す理由は聞かナイヨ。私も隠し事くらいあるからネ」

「得意なことと好きなことは違うものです。チェルさんはマキョーさんのことが好きなんですか?」

ジェニファーが女の顔で聞いてきた。

「マキョーに気があるノ?」

「ええ、あんなに都合のいい男はいませんから。私の予測通り、辺境伯になるんですよ。冒険者をしていたらこんな地位まで、何十年あっても辿り着けません。しかも好敵手はたったの三人。狙わない方がおかしいと思いませんか?」

「ジェニファーは偉くなりたいんだネ」

少しだけ胸を締め付けられた。私にとって地位は邪魔でしかなかった。魔王に選出されて我が家は散り散りになり、メイジュ王国から逃げ出したのだから。

「ジェニファーはあいつの価値がわかってナイ」

「いいえ、ここにいる誰よりもわかってますよ。私がきっとこの魔境を発展させてみせます」

マキョーのすごさは地位を駆け上がる速度ではない。想像力だ。土魔法で作れるのはせいぜい土の壁くらい。なのに、あいつときたら地面ごと引き上げる。そんな魔法使いは世界中探したってマキョーくらいしかいない。『思ったことを実現させる力』、それがマキョーの強さ。想像力の分だけあいつは強くなる。一国の貴族で終わるような男ではない。

「やっぱりわかってナイ」

「私はマキョーさんの妻になり、この魔境を治めるつもりです」

「ソウ。好きにしテ」

ジェニファーは上昇志向が強すぎるから、見えていないものが多いのだろう。今話したところでわからない。私たちはカム実や苦い葉を採取して、洞窟に戻った。

「昼飯は作るのか？」

ヘリーが聞いてきた。自分で作る気はないらしい。

「パン焼くヨ。肉、切り出しておいテ」

ヘリーは自分の作業以外は言われなければ動かない。たぶん年をとっているから、ズルいのだろう。ちなみにヘリーにも精神魔法は効かない。魔法が使えない呪いはかなり強力なもののようだ。

一体何をやらかせば、そんな呪いをかけられるのか。筋肉は細くしなやかで、皆が寝静まった夜中にストレッチを欠かさない。全身をバネのように動かすことができるだろう。もしかしたら武闘家なのかもしれない。とっくに二〇〇歳を超えているエルフ族には謎が多い。

「チェル、マキョーがいなくなって寂しいか？」

「五人暮らシ。一人いなくなったら、ちょっと寂しいダロ？」

「ふふふ、正直者だな。チェルは」

パンが焼ければ、肉と苦い葉を挟んでサンドイッチのできあがり。

「ジェニファーと何かあったみたいだな？」

戻ってきてから口を利いていない私たちは、喧嘩《けんか》していると思われていたようだ。

「イヤ、何も。ジェニファーがマキョーのお嫁さんになりたいって言ったダケ」

「自分を偽って結婚しても幸せにはなれないというのに……、困った奴だ」

ヘリーは結婚したことがあるのかもしれない。エルフは長寿だから、人生で何度も結婚すると聞いたことがある。

「ヘリーはジェニファーを見て、強さがわかるノ？」

「いやぁ、動きを見てればわかるだろ？　マキョーがいる時だけ、足腰が弱くなる。自分の強さを隠そうとしすぎだからわかりやすい。ある意味で、真っ直ぐだ。私は嫌いじゃないよ」

「私も嫌いなわけじゃナイ。ただ、見えていナイものが多い」

「チェルは思った以上に賢い娘だね。でも、自分にとって都合の良くないことを見ないっていうのも強さだ」

「ソウ？」

「一点に集中できるからね。タンカーらしい発想だよ」

ヘリーもジェニファーを盾役と思っているらしい。

「た、た、食べていいですか？」

シルビアができたてのサンドイッチを取りに来た。

「いいヨ。シルビア、マキョーがいない間だけでも、ジェニファーに盾を用意してあげてくれナイ？」

「た、た、た、盾？　ジェニファーさんに？　わ、わ、わかりました」

「シルビアくらい何も考えない方が案外うまくいきそうなもんだけどね」

シルビアが来た日、マキョーの部屋の前でじっと座っていたのを覚えている。奴隷として買われたからには夜伽があると思って覚悟していたらしい。でも、マキョーは海まで行って塩を採ってきた後、何もすることなくすぐに寝ていた。

「ソンナことしなくていいんだヨ」

私がそう言うと、顔を真っ赤にして毛皮に潜り込んでいた。

「早く髪が伸びるといいネ」

「そうだな」

シルビアの坊主頭は徐々に伸び始めている。

リリリリリリ……。

草むらから虫の鳴き声がした。今頃、マキョーは何を食べているだろう。

私は自分のサンドイッチにかぶりついた。

〜それぞれの魔境生活〜【ジェニファー篇】

何をそんなに私はムキになっているのか、自分でもよくわかりません。昨日、彼が旅立ってから、チェルさんと喧嘩しました。私が彼を好きかどうかなんて魔境ではどうでもいいことです。

「どんどん『私』が剥がれていきますね」

気がつけば水面に映る自分に話しかけていました。すっきりするために顔を洗ったのに、私の表情はまるで冴えません。

「どうして、そんな顔をしているの?」

質問しても答えが返ってくるわけないのはわかっています。

エスティニア王国の北部にある小さな村で育った私は、事あるごとに「どうして?」と誰彼構わず聞いて回っているような娘でした。いつも何かの理由を探していました。

「どうして農家の娘だからって、父さんが決めた男の人と結婚しなくちゃいけないの?」

思春期に親と大喧嘩をして、家を飛び出しました。それが一三歳の頃。子供だった私は故郷を捨てました。家には借金も多く、私が七〇歳の老人に嫁がなくてはならないほど逼迫《ひっぱく》していたのはわかります。でもそれは、親から捨てられるのと同じでした。

町まで走り、冒険者ギルドで一五歳と偽り冒険者になりました。追っ手も来なかったので本当に捨てられたのだと思います。

薬草採取や引っ越しの手伝いなどと続けていましたが食べられるはずもなく、宿には泊まれません。お腹《なか》をすかせて道端に座っていたところを教会のシスターに拾われたんです。

それから、教会に寝泊まりさせてもらいながら、冒険者ギルドで仕事をして、近くの森で訓練する毎日を送っていました。丁寧な言葉遣いを教えてもらったのもこの頃です。居場所ができたことが何より嬉しかった。

少しお金が貯まれば、冒険者ギルドで新人教育を受けさせてもらっていました。盾の使い方だけは褒められたので、お金のない時は森に行って朝から日が暮れるまで、魔物の攻撃や滝から落ちてくる石や岩を盾で弾く訓練をしていたのを今でも覚えています。

ある日、教会のシスターが牧師の夜伽をしている声を聞いてしまいました。シスターは元々奴隷出身で毎夜、牧師の相手をさせられていたらしいのです。

「いずれ大きくなれば、あなたも相手をさせられます。早くこの教会から巣立ちなさい」

そう言われて教会を追い出された時、お金を貯めて私を助けてくれたシスターを買い取ろうと決意しました。三年間、冒険者パーティーの荷物持ちや囮役など誰もやりたがらないような仕事を請け負い、どうにか金貨五枚貯めました。シスターを買って、あの忌まわしい教会から救い出せると本当に思っていたのです。ところが……。

「このようなことをされては困ります。今後一切、この教会には関わらないように」

シスターはそう言って、私を追い返そうとしました。私は納得いかず、シスターは牧師から精神魔法をかけられ洗脳されているのではないか、と思ったのです。魔物の中には男を誘惑する魔物もいるという話は聞いていましたから、そういう魔法があることは知っていました。

「お金を積まれてもあの牧師は私を手放すことはないでしょう。あなたが守るべきものは私じゃない。もう、この教会に関わってはいけません。さあ、行きなさい！　二度と戻ってはいけませんよ！」

なおも食い下がる私に、お金を突き返し、シスターは私を追い出しました。これ以上関わると、私が牧師を殺してしまうかもしれない、と思ったのかもしれません。

翌日、教会が火事になり、牧師とシスターの死体が見つかったそうです。私は完全に居場所を失いました。

それから私は自分の生涯を懸けて守るべきものを探すことにしました。苦手な回復魔法も覚え、できるだけ多くの人を救おうとしたこともあります。でも、私が救えたのはほんの数人の怪我をした人たちだけ。奴隷は勝手に救えませんし、大勢を救うことはできません。

多くの人はお金の力によって動き、お金は権力に集まります。地位や権力に近づきたいと思うのに、そう時間はかかりませんでした。

私はすぐに冒険者のパーティーを結成し、新人の冒険者たちと共に依頼をこなしていきました。そのうちにランクの高いパーティーから声をかけてもらうことが多くなり、できるだけ高ランクのパーティーに乗り換えていく。目的のために手段を選んではいられません。出自も孤児ではなく、貴族出身と偽ったり、魔法学院を主席で卒業とまで言ったことがあります。どうせ、その場限りの人たちですから。相手に「すごい」と思わせれば、向こうから勝手にこちらに寄ってくる。

自分を良く見せるために嘘をつくことに罪の意識はありません。目的が達成できればいいのです。そんな風にいろいろなパーティーを転々とする生活が続きました。

いずれ貴族に召し抱えられる日が来れば、お金が集まり、多くの人を救い、守ることができる。本当にそう思っていたのです。

間違いでした。高ランクになり貴族に召し抱えられ、最初は居場所ができたことが嬉しかったのですが、私兵となったパーティーの仲間たちは何もしなくなりました。貴族は自分の領地に住む民に興味はなく、「美しい娘だ」と私の身体を触ってくるだけ。側近は仲間たちと共に私に精神魔法をかけて洗脳しようとしてきました。精神魔法から身を守る方法はこの時に習得したものです。

お金はありますが、私が使えるのは少なく誰かを守ることも救うこともできませんでした。これでは召し抱えられた意味がない。結局退職金をたくさんもらって、貴族のもとから去りました。

お金だけは持っていたけど、何をどうすれば人々を救うことができるのかわかりませんでした。

そんな時、森の中で魔物に襲われている少年を守ったことがありました。防御力はずっと鍛えていたので、魔物の攻撃はいくらでもはね返すことができます。

「ありがとう。お姉ちゃん」

人を直接守ったのは久しぶりでした。

「あんた、すごいな。盾も使わずに魔物を退かせたのか?」

そう声をかけてきたのが、『白い稲妻』のアルクインでした。彼は本当に人が良く、誰からも好かれるような人物で、仲間からも慕われるリーダーでした。

ただ、そう見えていたのは初めだけ。自分の言うことを聞く者だけでパーティーを構成し、他人に見せるのがうまいだけ。ごく普通の冒険者と気づいたのは、私が彼の恋人になった後のことでした。危機管理能力が高いので、依頼達成率は高く自然とランクも上がっていきました。でも、それだけでは人を守り切れない。

ある日、商人の馬車を護衛していたところ、ワイバーンに襲われたのですが、私たちのパーティーは戦わず、商人を見捨てたことがありました。ワイバーンが去った後に証拠を隠滅し、冒険者ギルドには商人が待ち合わせ場所に来なかったと言い訳したのです。

「こんなことを続けていたら信用に関わりますよ。今一度、自分たちを鍛え直す必要があるんじゃないですか？」

「俺もそう思っていたところだ。はるか東に軍の訓練施設がある。エスティニア軍の中では最も精強な兵たちが集まると聞く。どうだ？　皆、行ってみないか？」

皆、商人を見捨てた罪悪感がありましたから、断る理由もありません。軍の訓練施設で力をつけて再び戻ってこようという思いで、私たちは東へと旅立ちました。

冒険者ギルドの依頼と違い、行く手を阻む魔物の群れに何度も殺されかけながら少しずつ進む旅。徐々に私たちの連携も良くなっていくのを実感しました。でも、現実はそんなに甘くない。軍の訓練施設にさえ行けば強くなれるなんてことはなく、訓練施設の兵たちにあっさりボコボコにされ追い返されました。私たちの連携など兵たちにとってはお遊戯同然だったのです。

「どうすれば、もっと強くなれますか？」

「東の森を抜けた先に魔境がある。とんでもない魔物たちが巣食う土地だ。そこまで行って帰ってこられたら、また相手してやるよ」

訓練施設の中でも新人だという兵に言われ、私たちは最後の力を振り絞りました。森を通過するのも命懸け。それでもどうにか魔境まで辿り着きました。

「私有地なんで勝手に入らないでくださいね」

その魔境で出会ったのがマキョーさんでした。

私たちは小川を渡ろうとした瞬間にスライムの群れに突然襲われ、連携もできずに魔力切れ。

いつの間にか訓練施設に倒れていた私は、悔しさがこみ上げてきました。今まで自分のやってきたことを全て否定された気分でした。戻ってきた仲間たちと話し合いの末、言い出しっぺの私はパーティーを追い出されることになりました。

また全てを失いました。鍛えてきた意味も夢も仲間も何もかも。残ったのはわずかばかりのお金と、僧侶の服だけ。僧侶の服を見ながら拾ってくれたシスターを思い出しました。彼女は最後まで、自分で選んだ場所で終わりを迎えようとしていた……。

「どうせ死ぬなら私も最後の居場所は自分で決めよう」

魔境の前にある森の魔物は連携を気にしなければ、防げる相手です。防ぎ続けていれば、そのうち疲れて隙ができる。私はそこを狙って倒していきました。

「案外私もやるもんですね」

人間、死ぬ気になればなんでもできそうな気がしてきました。

魔境との境にある小川に辿り着いた時、何も身に着けていないマキョーさんに会ったのです。

「スライムの群れがいる小川で水浴び……!?」

服を着たのを見計らって、私はマキョーさんの前に出ていきました。

「ここに置いてください!」

心臓は弾み、しどろもどろになりながら懇願しました。マキョーさんは真っ直ぐ私を見つめ、断りました。

今考えれば当たり前です。素性のわからぬ者が勝手に入ってよく許してくれたと思います。

「お願いします!」

そう懇願する私を見つめるマキョーさんの目は全てを見透かすようでした。この人の前では嘘は通用しない。冒険者ギルドに入る時も、冒険者のパーティーを作った時も嘘ばかりついてきた私とは違う目。そう思いました。

私はどうしても魔境に入りたい一心で小川に足を踏み入れ、再び魔力切れを起こしました。気づけば、洞窟の前に寝かされ、私は空を見上げていました。

魔境の生活は一言で言えばサバイバル。生きるためなら、なんでもするような毎日でした。誰かに認められるために装うようなことはしない。魔境は私が今まで装ってきた全てを剥がしていきました。自分の経験はこの魔境で何も役に立たない。

魔境での生活は、弱い自分を突きつけられます。弱さは死に直結する。実際、何度も死にかけましたが、その度にマキョーさんに助けられました。人を守ろうとした女が逆に守られている。このままでは彼に迷惑をかけてしまう。そう思って、死ぬために魔境を彷徨《さまよ》ったこともあります。

ただし、魔境の魔物は他の地域の魔物と違い、ほとんど疲れを感じないようで、私はずっと防御に徹する他ありませんでした。そして、筋肉が悲鳴を上げて倒れる。倒れた者に魔物は興味を持たないのか、私は死ねなかったのです。そんな生活を繰り返していくうちに、徐々に魔物の対応にも慣れ、自分が強くなっていることを実感しました。

さらにマキョーさんは貴族になり、魔境を治めるという話が持ち上がりました。私ができなかった、権力を持ち多くの人を守るという夢を成し遂げられるのです。

ここで私が何もしなければ、あの冒険者を囲った貴族と同じになりかねません。それだけは避けたい。チェルさんはわかっていないのです。牧師もあの貴族もアルクインも、男は小さな権力でも、一度持ってしまうとおかしくなってしまうものです。

必死で考えた結果、私はマキョーさんの妻になることにしました。妻になって魔境を開拓し、他の地域から追い出された弱者たちを守る。私の夢が復活した瞬間でした。魔境でもある程度生きていける力は身につけました。少しくらいは自分を装うことができる。マキョーさんを好きだと装うことくらいわけないですよ。

顔は特にカッコいいわけでもないですし、お金もない。ただ、ちょっと強くて、魔法も使えて、なんだかんだ突き放しているようで、いつも私を助けてくれる。そんな人を好きになったと思わせるくらい簡単ですよ。チェルさんには早くも嘘だとバレてしまったかもしれませんが、今のところ作戦に不備はありません。私は魔境の領主の妻になります。

～それぞれの魔境生活～【ヘリー篇】

禁魔法の研究をしていた頃の話からしようか。私はエルフの魔法学院を主席として卒業し、あらゆる魔法に精通していると勘違いしていた。所謂《いわゆる》、ただの馬鹿だな。火、水、土、風、四大魔法が全盛だった頃、光や雷魔法が使える私は無敵と言えた。

庶民の依頼は請けず、貴族からの依頼しか請けない魔法使いとして活動。貴族の縁談にも恵まれて、あっさり地位を獲得した。夫はあまり私の研究には興味がなさそうだったが、必要な物は揃えてくれる。社交界と呼ばれる馬鹿が集まる会に出るのだけがストレスだった。

私の研究内容は「光魔法があるのに闇魔法がない理由の解明」だ。古文書《こもんじょ》を紐解いてもどこにも記述がない。発想としてはありきたりなものだから、ないはずがないと思うのだが誰かが一切の記述を排除したかのように記録はなかった。ただ光魔法の逆説を試していくことで、うっすら闇魔法の存在が見えてくる気がしていた。

可能性を一つ一つ潰していく作業は気が遠くなるため、誰もやらなかったようだが、せっかく長寿のエルフに生まれたのだからやってみようと決意し、実験と証明を繰り返す日々が続いた。

ある日、夫が私の留守中に浮気をしていたことが発覚し、ちょうどいい機会なので朧気《おぼろげ》に見えてきた闇魔法を試してみると夫が腹痛を起こして倒れた。闇魔法の存在が証明された瞬間だった。

ただ、すぐに衛兵に見つかり、逮捕された。貴族の夫とは離婚し、身体には魔法を使えなくなる魔法陣の入れ墨を彫られた。闇魔法とはそれほど危険な魔法なのだ。

服役中は基本、薬学と禁術の研究にあてた。人間やろうと思えばどこでも学ぶことはできる。降霊術に出会ったのはこの頃だ。降霊術は禁術とされていたが、うっかり人が死ぬような塀の中には、怨念を抑える目的の呪印が至る所に印されていて、暗号の解読ができれば誰でも学ぶことができる状況だった。降霊術は儀式も呪文もあるが、魔法とはされていない。理由はいくつかあるだろうが、魔力を使わなくても魂を呼び出すことが可能だからだろう。

降霊術を覚えてしまえば、後は研究者の先人たちを呼び出すだけ。闇魔法の存在も明らかになったし、それによって引き起こされたエルフの国の黒歴史も教えてもらえた。植物と人間を同時に発病させられる闇魔法など禁魔法にされて当然ではあるが、存在自体を否定する国のやり方には納得がいかない。周到に計画して国外に脱出することに決めた。魔法を使えなくても薬学と降霊術さえあれば、塀から出ることは容易い。後は地図を手に入れてどういうルートで国から脱出するか、だ。

地図は降霊術で霊に見てきてもらう。最も警備が薄い南の険しい山脈を登ることができればいいが、その先に何があるのかは不明だ。高度な文明と都市国家があるというが、古の文献にしか載っていない。時魔法を操ったカジーラという名のエルフが確かめに行ったと書いてあったが、帰ってきたという記述は見つけられない。霊も何度か呼び出そうと試みたが、応えてはくれなかった。

私が迷っていたら、計画を記していたノートが盗まれた。犯人は刑務官で、私が水浴びをしている間に独房を漁ったらしい。

「ここまでか。また、一からやり直しだ」

そう思っていたら、政府の役人が資料を持って塀の中にやってきた。

「お前か、この計画を書いたのは？」

いけ好かない顔の男だった。痩せすぎているのに、眼光だけが鋭い。

「話を聞きたい。身体に聞いてもいいんだぞ？」

「見返りは？」

「ここから出してやろう」

何か裏がありそうだが、警備兵が多い塀の中から出てしまえばどうにでもなる。

「わかった。話をしてやる」

手錠をされたままだったが、外に出られた。ただ連れていかれたのは軍の研究所。

「エスティニア王国の東に魔境と呼ばれる土地があるそうだな。そこに財宝があるとか」

古文書には高度な文明とは書いてあっても、財宝などとは記載されていない。おそらく、古文書の中の『竜骨《りゅうこつ》』という言葉に目がくらんでいるのだろう。古来、竜の骨は丈夫で魔法も半減させると言われてきた。ただ、その数は世界的に見ても少なく竜骨を加工できる技術者も稀にしか現れない。

しかし数年前に見つかった隠れ里にいるドワーフたちは加工できる。隠れ里はすでにエルフに征服されており他国に知られる前に竜骨で武具を作っておきたいというのが、政府の企みだろう。

「竜骨のことか？」

「魔境では島が空を飛び、竜に守られていると書かれている。竜の墓場もあるとか。魔物の素材、竜骨も豊富。高度な文明の魔道具も遺跡に残っているはずだ。ただエスティニア王国は興味がないらしい。それを賢明なエルフが有効に使おうと、そういう話だ」

「古文書を全て信用するバカがどこにいる？　魔境に行こうにも南には山脈があって侵入は不可能」

「そう、だから魔境への道を作るのさ」

「まさか……？」

政府はエスティニア王国を攻撃するつもりか。

「あのなぁ、エルフの国と接しているイーストケニアの側には歴史上誰にも落とされていない辺境の軍施設があるんだぞ」

「現在、イーストケニアは政情が不安定で衛兵も少ない。今こそ好機！」

「待て。向こうには精強な冒険者たちもいるんだ。数字だけ見ても衛兵の数はわからんぞ」

「冒険者は金でどうにでもなる。それよりも魔境だ。お前には降霊術で古の霊を呼び出し、我らを竜の墓場まで連れていってもらう」

「死にに行くような奴らのために私が動くとでも？」

「仕方ない。奴隷にするしかないか。進んで協力してくれると思ってたんだがなぁ」

突然、兵たちが私を羽交《はが》い締めにしてきた。腕を掴まれ、焼き鏝を近づけられる。

「やめろ！」

抵抗も虚しく、私の肩には奴隷印が押され、再び牢屋に戻された。命令に背けば奴隷印が熱を持ち、肩を焼く。私は自分の肩にある奴隷印を焼いたナイフで削った。痛みに対する耐性は私の才能かもしれない。薬草を貼り包帯で巻いたが、血がドクドクと出てくる。脱出前に血を取り戻さなければと思い、牢屋の番人を薬で眠らせ、貯蔵庫の食料を食べられるだけ食べた。その後、靴と防寒着を奪い、牢屋を抜け出した。

選択肢はない。顔が割れているのでエルフの国を渡り歩けない。国境線を越えられないなら、山を登り切るしかなかった。

雪が積もった山は防寒着を着ていても骨まで凍えそうだった。おかげで血は止まったが目が霞んできた。洞穴から出てきたワイルドベアが襲ってきたが、鼻に向けて胡椒の入った袋を投げつけ追い返す。洞穴に向けて眠り薬の草を焚いてしばらくすると、ワイルドベアのいびきが聞こえてきた。

口を布で塞ぎ、洞穴の中に入った。自分が眠ってしまう前にワイルドベアにとどめを刺し、腹を裂いて内臓を取り出す。まだ温かいワイルドベアの血を飲み、自分の体をワイルドベアの腹の中に潜り込ませる。何時間寝ていたかわからないが、バリバリと凍った血を剥がしてワイルドベアの腹から這い出た。温かい肉を食べて再び、山を登り始める。

身体は末端から冷えていく。立ち止まると凍え死んでしまいそうだったので、とにかく足を動かした。途中でどこからか私を呼ぶ声が聞こえてきた。おそらく魔境にいる霊が私を呼んでいるのだろう。呼ばれた方向に進んだ。降霊術を扱える者は霊に好かれるためか、死への旅路になることもあるが、山の霊は私を生かすことにしたようだ。もしかしたら、この先に死者の国よりもひどい地獄が待っているかもしれない。そう思うとなぜか笑えてきた。

昔からエルフが禁止したことをするのが好きだった。もちろん、この山域に入山することも禁止されている。長寿の自分たちを賢いと思っているエルフたちの鼻を明かした気分がして気持ちがいい。

雲の中を進み、いつの間にか山脈の峰を越えていたのに気づいたのは、空が真っ黒な雲で覆われていたからだ。雷が降り注ぎ、雨粒が身体を叩く。雨水を吸った防寒具は次第に重くなり、耐え切れなくなった身体は地面に転がった。砂利が崩れ、私を山の下部へと運んでいく。意識を取り戻した時、山の麓に広がる荒れ地にいた。

黒い雲は消え、雨は止んでいた。重すぎる防寒具を脱ぎ捨て、荒れ地を進む。森が見えてきた時、ようやく魔境に辿り着いたことがわかった。ただ、魔境の植物の怖さはわかっていなかった。果実には噛まれベタベタした樹液に靴を取られる。靴を取り戻そうとしたら、底が抜け壊れてしまった。

裸足のまま森を進むと、身体が地面に縫い付けられたように倒れた。疲労なのか、それとも魔境の魔法なのかわからないが、徐々に私の身体は枯れ葉の中に埋まっていく。

手足も動かない。できるのは降霊術だけ。古文書を書いたのがエルフの冒険者なら、きっと魔境にもエルフの霊がいるはず。私はひたすら降霊術の呪文を唱え続けた。魔物が私を襲ってくると思ったが、動かない私には興味がないようだった。

マキョーが私を見つけてくれるまで自分の身体に枯れ葉が積もっていくのをただ見つめていた。

それから私の魔境生活が始まったのだ。マキョーがどうかしているのは置いといて、女たちも変人が集まっている。チェルは訳アリの魔族で、魔力量を考えると魔王クラスでもおかしくない。窯作りの最中に本人に聞いてみた。

「魔族が皆、チェルほどの魔力量を持っていたら、一〇〇年前の戦争でエスティニアが勝つことはなかったと思うんだけど、どうなんだ?」

「アー、魔境のせいダヨ。ここで生活してると、自然と魔力量は上がル」

うまく躱されたが、昔エルフの冒険者が書いた文献には魔族の王は回復力がすさまじいと記されていた。チェルも回復魔法が得意。きっと何か関係あるに違いない。

ジェニファーも変わっている。自分の能力を隠して生活をしているなんて、この魔境で意味があるとは思えない。マキョーの妻になると宣言していたが、弱い自分を見せて庇護欲を刺激しているらしい。ただマキョーが気にしている様子はなかった。計算や記憶力は優れているが、男を誘う技術は乏しいようだ。まぁ、想いに正直というところは好きだ。

逆にシルビアのようにアグレッシブに行く方が効果的な気がする。夜、洞窟の前で見張りをしていると、シルビアがマキョーの部屋に入っていくのを何度か見たことがある。別に詮索する気はないが、数分後に頬を赤らめて部屋から出てきたシルビアと目が合った。

「お楽しみだったようだな?」

「な、な、な、何もしてない!」

シルビアはそう言って自分の寝床に戻っていった。翌朝のマキョーの様子を見ると、シルビアを気にかけている様子もない。あの二人は一体どういう関係なのか。

そんなことよりも洞窟の奥にある魔道具だ。あれこそ魔境に超古代文明があったという証。空飛ぶ島も存在しているらしい。この魔境は私の生涯を懸けて調べる必要がありそうだ。

～それぞれの魔境生活～【シルビア篇】

故郷のイーストケニアを追い出されてから、数日で仇を取ってしまった。身分は奴隷に落ちてしまったのでお家復興とはいかないが、父の仇であるあの反乱軍はこの魔境で死んだ。

「終わったのか」

長年、エルフの国と国境線で対峙し、エスティニア王国を守り続けてきた私の家系は『吸血鬼の一族』として恐れられていた。過去には、侵攻してきたエルフたちを血祭りにあげ、串刺しにして国境線に並べた当主もいる。吸血鬼と呼ばれる理由はいくつかあり、生活様式が夜型であるとか、教会嫌い、長寿なども語られてはいるが、やはり血を飲むという性質が最も有名だ。

かつて極地にて、死んだ仲間の血を吸い生き延びたご先祖様が、その仲間の能力を得たのをきっかけに、私の一族は神からギフトを与えられた。誰かの血を吸うことで、一時的に能力をコピーできる。それがギフトであるのか呪いであるのか、その時代の当主の考えにもよるが、私の父はギフトとして受け入れた。私が強化魔法を得意としているのは父の影響だろう。相手の腕力や防御力を下げるような魔法は教えてはくれなかった。

「我々は血から記憶を吸い取るのみ。無闇に使う技術ではないし、知られてもいけない。一時的に借りるだけだ。日頃の鍛錬を怠るな。どんな強い者の能力でも使う身体がなければ、意味はない」

そうやって祖父から父へ、父から私へと伝えられてきた秘技ではあるが、領民のほとんどが知っていたと思う。血がないと生きていけないわけではないが、能力の確認のため定期的に魔物や協力者の血を吸うことは儀式として行っていた。

そこをあの反乱者たちに狙われたのだ。能力はなにも良い効果をもたらすものばかりではない。激しく体力を消耗する能力も稀ではあるが存在する。そういう能力を持つ者の血を儀式の血に混ぜられ、父は殺された。父が殺されたことで兵たちは戸惑い、エルフたちの侵攻も利用され、一気に崩れたらしい。

私はこの魔境に杖を買い付けに来ていて、父が死んだことも知らなかった。もしかしたら叔父が私だけでも、と逃してくれたのかもしれない。だが、死ぬとわかっていてもイーストケニアに戻らぬわけにはいかなかった。そして反乱軍の首謀者である冒険者たちにあっさり捕まり、私は奴隷にされた。殺さなかった理由は見せしめとして、闘技場で殺すつもりだったからだろう。

亡き父に私の人生を懸けて必ず仇を討つと約束し、目に入る者全てを敵とみなし暴れた。奴隷に落ちた貴族の扱いはひどいものだ。強化魔法をかけていても、悪意のある暴力は心に響く。だが、決して負けるわけにはいかなかった。私がくじけたら、一族は終わる。

そう思って、訓練施設でも暴れ続けたが、マキョーの前ではこちらが強化魔法をしていようがいまいが、あっさり組み伏せられてしまう。おそらく、何をどうしようと今の私ではマキョーに勝つことはできない。

ヘイズタートルという家ほどもある魔物を前に私は叫ぶだけしかできなかった。その魔物をマキョーはあっさり倒す。ヘイズタートルの血を浴びパワーアップした私だったが、魔境の沼には眠り薬や麻痺薬が含まれているため、水浴びしただけで昏倒。気づけば全裸のまま洞窟の前で日干しにされていた。私を気遣う者はここにはいない。奴隷として連れてこられ、何もできないのだから当たり前だ。ただ、どうすればいいのかわからなかった。

性奴隷として交換されたのだから、夜伽の相手をすると思っていたのだが、それもしなくていいとチェルに言われた。マキョーの部屋に侵入して、血をもらおうと思ったこともある。マキョーの血があれば、私も少しは魔境でやっていけるはずだ。しかし、寝込みを襲おうにも、マキョーにはナイフの刃が立たない。私の力が弱いのかもしれないが、とにかくナイフを突き刺しても弾き返されてしまうのだ。母上からの教えである「殿方の精液でもいい」という言葉を信じ、夜這いを試みたこともあるが、マキョーはまるで起きず、結局何もできないまま部屋を出たこともある。

進退窮まり、マキョーに懇願してどうにか魔境での戦闘を訓練してもらった。

「……魔物を観察して自分のやり方を探ってもいいんじゃない？」

私にとってはその言葉は衝撃的だった。イーストケニアでは父か叔父の言うことを聞いて訓練するだけで、自分から訓練自体を考えるということはなかった。

言われてみると、魔境では皆、自分で何をするのか決めて、自ら行動している。貴族出身であることが急に恥ずかしくなった。仇を討つと言ってはみたものの目的も何をするのかも決められず、ただマキョーたちに生かされているだけ。変わらなければ、この魔境で生きてはいけない。

魔物を解体し、骨を掴みながら考え事をしていたら、マキョーに「どうかしたか？」と問われた。咄嗟に「武器や防具を作ろうかと」と言ってしまったため、私は魔境の武具屋に任命された。

やることが決まり、少し落ち着いてきた頃、私の一族の仇であるイーストケニアの反乱軍が攻めてくるという報せがあった。願ってもないチャンスだった。

しかし、向こうは多勢。こちらはたったの五人。このまま戦っても勝ち目はない。マキョーが指揮を執り、罠を張って迎え撃つことになった。

そこでマキョーが用意したのは落とし穴程度の罠ではなかった。マキョーは自己流の魔法で、迷路を造り上げてしまったのだ。

さらに丘の上には爆発する魔法陣まである。強力な魔法陣など正直、見るまで私も信じられなかったが、マキョーは当たり前とでも言うように淡々とイーストケニアの反乱軍に備えていた。

反乱軍はイーストケニアの正規軍として魔境に現れた。城で雇っていた魔道士までいる。反乱軍を組織した冒険者たちは狡猾《こうかつ》に仲間を犠牲にしながら侵入してきた。一旦は計画が狂ったが、すぐにマキョーが立て直す。この魔境の主は一切の躊躇もなく冒険者たちを仲間から分断し迷路に閉じ込め、魔物の群れに襲わせた。聞こえたのは魔物の足音と冒険者たちの阿鼻叫喚《あびきょうかん》。気づけば、目の前には踏み荒らされた道ができていた。ほとんど生きている者などいない。

仇の死体は花畑に横たわり、魔境の植物に血を抜かれ、魔物に腸を食われ、あるいは潰されていた。たった数十秒で見るも無残な姿に変わっていた。自分で手を下せなかったことに悔しさはない。ただ興奮して眠れなかった。マキョーたちは寝たが、私は死んだ仇の行方を見届けなければならない気がして丘の上でずっと見ていた。

負けた軍は夜通し、ずっと負傷者や死者を運び続け、夜明け前に完全撤収。私も洞窟へ戻り、少しだけ寝た。だが、まだ興奮が冷めていなかったようで、すぐに起きてしまい、ずっと木刀を振り続けてしまう。ふと、他に隠れていた者がいないかと思い立ち、魔境の入口を越えて確認したが、やはり誰もいなかった。

あれほど恐ろしかった魔境の魔物や植物も一度味方にしてしまえば不思議と怖くない。

「終わったのか」

マキョーが起きてきて、私の胸を見てきた時、素直に恥ずかしいと思った。同時に、仇を取るという目標を達成し、日常が戻ってきたことに気づいた。

イーストケニアでの日常は消えたが、魔境での日常は続くのだ。これからは魔境の武具屋として生き残らなければならない。

正式に領地を認められたことで、マキョーは魔境の地主から辺境伯になるようだ。ここの主はマキョーしか務まらないだろう。

マキョーはすぐに王都へ旅立っていった。残された私たち四人は、女だけの生活をしている。ジェニファーがマキョーと結婚すると宣言していた。特に興味はないが、そういう道もあるのかと思った。

ここは魔境。どんな種族であろうが、どういう経歴があろうが、いかなる能力があろうが関係ない。自分で考え、自ら行動し生き延びること。

今の私にできるのはそれだけだ。

【王都への旅路】

馬車は酔う。一日馬車に乗って、そんな感想を抱いた。翌日から馬車には乗らず、降りて走ることにした。自分が馬車と同じくらいの速度で走れることに驚いたが、護衛についていた騎馬隊はもっと驚いていた。

「辺境伯は体力がおありのようですね」

御者の爺さんが声をかけてきた。

「魔境にいれば自然と、こうなるんです。それよりも久しぶりに宿に泊まりましたよ。ベッドってあんなにぐっすり眠れるものだったんですね」

昨夜泊まった宿ではふかふかのベッドに真っ白なシーツまで付いていた。

夕食は濃厚なビーフシチューだったし、女中さんたちは美人ぞろい。魔境とぜんぜん違う。

「宿の娘さんを随分とお気に入られておりましたね？」

「ええ、魔境の女たちは怖い。生きることに必死で色気がないんですよ。余裕がない」

「そういうものですか？　次の町では娼館にでも寄りますか？」

「いいんですか⁉　そんなにお金を持ってないですよ！」

「なら、王都に行ってからにしますか。国で一番の娼館がありますよ」

「そりゃ、いいや！」

久しぶりに男同士の会話をした気がする。護衛の一人である女性兵士がチクリと口を挟んできた。

「辺境伯、あまり不用意な行動は慎んでください」

「すみません」

護衛の中には女性の兵士もいるため、なかなか大声では猥談はできない。

魔物や盗賊も出たが護衛たちの相手にならず、捕縛されていった。安全が確保されていると、自然と後ろには商人たちが付いてくる。商人たちは勝手に新しい辺境伯が生まれることを宣伝してくれるので、護衛たちも特に追い払うこともない。ただ商人たちは走っている俺を新しい辺境伯だとは思っていないようだ。

「辺境伯は領地での衛兵や従者は王都で募集されるおつもりですか？」

俺が宿で洗濯をしていると、護衛の一人が聞いてきた。

「え？　いや、領民の募集はするつもりですけど、衛兵や従者は募集する気はないですよ。そもそもそんなに給料払えないと思いますし」

「そう……なんですか!?」

すごく驚いているようだが、衛兵とか雇わないといけないのかな。

「領地を守るためには衛兵が必要なんですかね？」

「ええ、軍でも新しい領地へ行く衛兵を募集しているはずですが……」

「やっぱりいた方がいいのかぁ。ただ、あんまりたくさん来てすぐに死なれるとなぁ。ん～」

「奴隷もつけていませんよね。だから、ご自身で洗濯までしてらっしゃる」

「洗濯をしてはいけませんか？　せっかくもらった服なのできれいな方がいいと思っているんですが」

「そういうことは貴族の方がやることではないかと」

「ああ、なるほど。そういうものですか。いろいろと不自由しそうですね」

貴族の作法とかはまったく知らないので、できることだけやっていこうと思う。

「明日は峠越えです。雨が降れば森で野営する可能性もあるので、ゆっくりとお休みください」

「ありがとう」

護衛の兵士たちは何かと心配してくれるのでありがたいのだが、心配されるなんて滅多にないことなので戸惑ってしまう。

翌日は生憎《あいにく》の雨。護衛の兵士たちは革製のローブを着ている。

「辺境伯、今日は馬車に乗りますか?」

「いや、雨に濡れるより馬車に酔う方が辛いので、走っていこうかと。峠に関所ってありますか?」

「ええ、ありますよ。今日はそこを通るんです」

護衛の兵士が地図を見せてくれた。一本道なので迷うことはなさそうだ。

「じゃあ、先に行ってますから、後から来てください。風邪引かないように」

宿から出るとすぐに走り始めた。道はぬかるんでいて水溜まりも多い。三〇分も走っていると上り坂になり、行商人や盗賊などを追い抜いて関所まで一気に駆け上がった。

「何者だ?」

関所の門兵に聞かれた。

「後で辺境伯の馬車が来ると思うのですが、その関係の者です。門の軒下《のきした》でいいので雨宿りさせてもらっていいですか? 身体検査しますか?」

「危険がないか先に来たというわけだな。辺境伯の馬車が来るという報告は受けている。武器はないし、いいぞ」

馬車が来るまで待つことにしたのだが、昼になっても馬車の影すら見えない。

「途中で襲われているかもしれんぞ」

「そうですよねぇ。じゃあ、ちょっと見に行ってきます!」

「おう。ほら、護身用にナイフの一本でも持っていけ！」

「ありがとうございます！」

門兵にナイフを一本渡されて、朝来た道を戻ると、馬車の車輪が泥濘に取られて立ち往生しているところを盗賊に襲われていた。

「おらぁ!!」

とりあえず、大声で盗賊たちを引きつけ、順番に一人ずつ相手をしていくことに。これでもチェル相手に組手をしているので、少しは立ち回れるはずだ。

そう思ったが、俺の声で一瞬隙ができた盗賊たちを、兵士たちが一斉に叩きのめした。

「必要なかったか」

「加勢、ありがとうございます！」

「いや、何もしていない。早く行こう」

俺は護衛の兵士にそう言って、馬車を持ち上げて泥濘から出した。

「車輪は曲がっていないですか？」

「ええ、大丈夫そうです。すみません」

「いや。それより皆さん、身体が冷えますよ。早く行きましょう」

俺も馬車の後ろを走り、峠の関所まで向かうことに。山道は石が多く、馬車は大きく揺れた。道もカーブしているので、時間がかかる。

「知らなかった。すまない。周りの者のことを考えないと領主は務まらないな」

「え？　いえ、そんな我々が遅れたためです。謝らないでください」

俺が謝ると、護衛の兵士は手を振って止めてきた。

その後は全員、昼飯も食べずにひたすら山道を上った。

夕方、関所の門が閉じる前にどうにか峠まで辿り着いた。雨は止み、雲の切れ間から茜色の空が見えている。

「東の魔境の辺境伯様でございます！　任命式のため、通らせてもらう！」

「うむ。この先で身元確認をしています。そこで馬車の中を確認してもよろしいですかな？」

「いいですよ。洗濯物を干しているだけですけどね」

「洗濯物？」

「こちらが新しい辺境伯のマキョー様だ。失礼のないようにな」

「ナイフ、ありがとうございます。使わなくても護衛の方々が盗賊を倒してしまいました」

門兵にナイフを返したが、ただ目を丸くして返事もせずに頷いていた。

関所の奥で身元確認の後、先へ進む。残念ながら宿泊施設は満員で泊まれなかった。

「今日は野宿ですね」

俺がそう言うと、御者は馬車を道の脇に停めて、森でテントを張れるような場所を探し始めた。

明らかに一日目と態度が変わってきている。兵士たちも文句も言わず、馬を休ませ森に入っていく。

「何か悪いことでもしたかい？」

「いえ、我々が辺境伯の足手まといになっていることを思い知らされました。今までのご無礼、誠に申し訳ありません」

「無礼なことはされてないから、別に謝る必要はないんだけどな。あ、皆がいないと辺境伯って信じてくれないと思うんだよ。こんな格好だし。お互い様でしょ」

「ただの体力自慢の貴族ではないことはあの重い馬車を持ち上げたことでわかりました。実力で魔境を統治したのですか？」

「統治してるというか、住んでるだけだよ。一応、新しいイーストケニアの軍は退けたけどね」

テントを張るのを手伝いながら、答えた。

「東では知らぬ間に内戦があったんですか？」

「内戦っていうか、イーストケニアの領主が変わって魔境に攻めてきたんだよ。一五〇人くらい入ってきちゃったから罠にはめて追い返した」

「「「おおっ！」」」

兵士たちには興奮する話だったようだ。

「魔境軍は何名いるんですか？」

「五人だね。軍っていうもの自体がそもそもないから、住んでいる奴は全員参加だったね」

「五人で一五〇人を相手したってことですか？」

「いや、ある程度来ることがわかってたから、たくさん罠を仕掛けたんだ。迷路造ったりもしたな。後は魔物と植物の力でどうにかね」

そう言うと、兵士たちが「少しだけでも力を見せてくれないか」と言うので、少しだけ地面を盛り上げて見せた。

「ね？　地面の中にある隆起する力に魔力で干渉するとこうなる。もっと魔力を込めれば、ちょっとした丘くらいにはなるだろ？」

「なりませんよ。それは何魔法なんですか？」

サーシャという女性の兵士が聞いてきた。

「何魔法って言われても、魔法は才能がないのでちょっとよくわからないけど……」

「サーシャ、今、辺境伯が使ったのは土魔法じゃないのか？」

「ええ、見たことありません。通常の土魔法は……」

サーシャは詠唱を唱え、地面から土の壁を作り出した。

「このように壁を作る程度です。魔力によって硬度が変わるくらいで、まして丘なんて。辺境伯はどなたに魔法を教わったんですか？」

「店子に魔法が得意な奴がいて、家賃代わりに教わってるだけだよ」

「その方はどの魔法学院で魔法を？」

「さあ、それはわからない」

まさか魔族の国だとは言えない。

テントを張り終え、干し肉を焼いて食べていたら、森の中からグリーンタイガーが現れた。

「全員、構えろ！」

御者が怯え、兵士たちが剣を構えた。グリーンタイガーが飛びかかってきたところを、首根っこを掴んで仰向けにしてやる。魔境のグリーンタイガーと比べると子猫同然。顎や腹を撫でて、干し肉を与えると嬉しそうに食べていた。

「西に行くと、魔物は弱くなるのかな？」

「こちらからすれば、東に行くと魔物が強くなると思ってますけど」

魔境に住んでたった一ヶ月半。随分、魔境に染まってしまったようだ。

峠を越えてから、二日間走り続けて王都に到着。

エスティニア王国の王都・エストラゴンは、高い城壁に囲まれた城が中心にあり、その周囲に特区と呼ばれる貴族たちの屋敷が立ち並んでいる。外側は平民街で、東西南北で分かれているが、商人も職人も混在しているとのこと。種族の差別も基本的にはないが、同じ種族は固まって住んでいることが多いのだとか。軍の兵舎も東側にあり、護衛の兵士たちが案内してくれた。御者の爺さんとは、ここで一旦お別れ。

「辺境伯、お帰りの際には、また呼んでくださいませ」

そう言って、オススメの娼館を書いた紙を渡してくれた。俺は大事に懐にしまった。

「明日には辺境伯の任命式がございます。城まで案内しますので、準備を整えてください」

王都にいる間、サーシャが世話をしてくれるらしい。

「準備と言っても、服はないし作法も知らないんだけど、大丈夫かな？」

「そうでしたね。服は軍で用意してあります。作法は王の前に行って、片膝立ちで待っていればいいはずですよ。何かあれば大臣か王が直接話しかけてくれると思います」

「難しそうだけど。できるだけ何もしないようにするよ」

「それが一番です。下手に力を披露しないでください。辺境伯の力はちょっと危ないので」

「わかった。悪口言われても気にしないし、暴力振るわれても耐えるね」

「いや、その場合は私たちが対応しますので報告してください」

「頼もしいな。ありがとう。助かるよ」

「では、すぐに仕立屋を呼びますので、部屋でお待ちください」

大きな部屋で待つ。石の床に、石の壁。絵画はないが盾と剣の飾りが置かれている。王都、滞在期間中はこの部屋を使えとのことだが、見たこともないような豪華な内装に落ち着かない。

突然ドアが開いて、巻き尺を持った小人族が現れた。

「どうも、仕立屋でございます！　時間がないため、直立不動でお願いいたします！」

「わ、わかりました」

有無を言わせぬ焦りが見えたので、流れに身を任せることに。俺が返事をすると、さらに三人の女性が部屋に入ってきて、俺の身体を一斉に巻き尺で測り始めた。

「ちょっと筋肉が綺麗すぎますね。力こぶを作っていただいても？　服が破けては困りますので」

「わかりました」

言われるがまま腕まくりをして、力こぶを作ると自然と魔力も集中してしまう。窓を開けていないのに周囲には風が吹いた。

「風魔法ですか？」

「わかりません。魔法には適性がないはずです」

「そんな馬鹿な……」

仕立屋の女性がそう言って笑った瞬間、部屋にサーシャが入ってきた。

「仕立屋、今見たことは忘れた方が身のためだ。口外もしない方がいい。たとえ、どこかの貴族に雇われた者であっても、軍は辺境伯につく」

「いえ、我々は誰かに雇われたスパイではありません。失礼いたしました。辺境伯、もう大丈夫です。測り終えました。明日の朝には礼服を用意いたしますので、ご贔屓《ひいき》に」

仕立屋たちは部屋を出ていった。サーシャは仕立屋たちが出ていくまでドアの前に立っていた。

「あの仕立屋たちはスパイだったの？」

「わかりませんが可能性は大いにあります。貴族たちは、自分たちの中で最も大きな領地を所有することになった辺境伯が気になっているようですから」

「あんまり外に出ない方がいい？」

「少なくとも任命式が終わるまでは控えた方がいいと思います」

「でも、やることがないんだよなぁ。この兵舎に魔法書ってある？」

「魔法書があるかはわかりませんが、図書室はあります」

「そこなら行っても大丈夫？」

「兵舎の中なら大丈夫です。案内しましょうか？」

「お願いします」

兵舎の図書館には滅多に人が来ないようで、司書さんは居眠りをしていた。勝手に調べ物をすることに。蔵書は結構あるが、歴史書や経営の本なんかが多い。戦略や戦術の本もあるようだが、専門的な魔法書はないようだ。『中級冒険者のための魔法学』という本に魔法陣がいくつか描かれていたので、とりあえず模写しておく。

「何をされてるんですか？」

「何って、魔法陣の模写だよ」

「辺境伯は学者なんですか？」

「いや、学者じゃないけど……、魔境ではいろいろ知っておかないといけないんだ。そもそも大きすぎる領土の全てを把握してないしね。暇だったら寝てていいよ。俺が勝手にやってるだけだから」

「何かあれば呼んでください。表にいます」

サーシャはそう言って図書室から出ていった。俺はしばらく本に描いてある魔法陣を模写していく。そのうち司書さんが起きた。

「すみません、紙と木炭を使わせてもらってます」

「いえ、どうぞ」

会話はそれだけ。後で、魔境に関する本がないか聞いてみよう。

時間が経つのも忘れ模写していたら、図書室に西日が差し込んできた。

「失礼するぞ」

図書室に髭面《ひげづら》の巨漢が現れた。

「ここにいたか。新しい辺境伯だな？」

「そうです」

巨漢は俺の隣の椅子を引いて、ドンと座った。

「王都の防衛を任されているウォーレンだ」

「ということは、ここの軍のトップですか？」

「そうだ。弟の奴が世話になってるとか。魔境の近くにある訓練施設で隊長をやってる奴なんだが」

「ああ、隊長のお兄さんですか？　いえいえ、こちらこそいつもお世話になりっぱなしで」

「そうか。あの弟は我が家系でも珍しく腕が立つ奴なんだが、人付き合いが苦手で辺境の方にこもってしまってどうしたものかと思っていたんだ。うまくやっているなら良かった」

「すごく良くしてもらってますよ」

「手紙には『辺境伯の頼みはなんでも聞いて差し上げるように』と書いてあった。人を褒めないあいつが随分褒めていたぞ」

隊長はそんな風に思ってくれていたのか。何か土産でも買っていった方がいいかな。

「辺境伯を迎えるために、こちらも準備をしていた。農家の出身だそうだな?」

「ええ、本当に田舎の農家ですよ。次男なんで家を追い出されたんです」

「そのようだな。軍の者が生家に報告しに行ったら『そんな奴は知りません』と言われたそうだ」

「俺が捕まったと思ったのかもしれません。遊び歩いていたし、縁を切ったということでしょう」

「そのようだ。何か家族には伝えておくか?」

「いえ、大丈夫です。役に立たない次男坊が急に辺境伯になるなんて言ってもどうせ信じません」

「銀貨一〇枚だけ渡して、良からぬ噂を立てないようにと口止めしておいた」

気が回る人だ。隊長の人の良さは血筋なのかもしれない。

「ありがとうございます。助かります」

「いや、それより明後日の任命式だが、準備は進んでいるか?」

「服は明日届くそうですが、まだ何も。何をしていいのかすらわかっていないです」

「だろうな。まぁ、王からすれば任命式など二の次だ。辺境伯は頭を下げていればいいさ。それよりも、もっと難しいことを言われるだろう」

「なんですか？　貴族のパーティーに出るとかですか？」

「いや、そんなくだらない権力争いには関わらせないから安心してくれ。詳しくは王が話すだろう。それで、領民の募集をかけるって聞いたんだが？」

「今、俺も含めて五人しか魔境に住んでないので、全然開拓されないんですよ」

「そうか。まぁ、そう急ぐ必要はない。人が来なくてもあまり落ち込むなよ。魔境は死なないことの方が珍しい土地だろ？」

「そういえば、そうかもしれません。パーティーだの故郷だのを追放された奴ばっかり集まってきてるし……」

「ま、とにかく任命式だ。当日には俺もいるから、何かあれば俺の方を見てくれ」

「ありがとうございます！」

王都にはまったく知人がいないので、味方はありがたい。ウォーレンは俺と握手をして去っていった。結局、サーシャが呼びに来るまで図書室にいた。


任命式、当日。できあがった服を着て、城に入る。城は信じられないくらい大きく、ただただ圧倒され、緊張してしまった。中は柱も床も全てピカピカに輝いてた。たぶん、床の石材一つだけで、うちの実家が建つだろう。踏むのも申し訳ない気がしてきた。そのまま控室に通され待機する。

任命式が始まると騎士が告げに来た。騎士に連れられて、ホールへと案内される。

ホールには貴族らしい品のいい服を着たおじさんやおばさんが集まっていて、奥には背もたれの高い豪華な椅子が置かれていた。そこに眼光が鋭い細身の壮年男性が座っている。エスティニア王国・国王。勝手に髭面を想像していたが、髭はなく、白い長髪が印象的だ。

絨毯《じゅうたん》に描かれた丸十字のマークの上で俺は待機。大臣らしき人が何か口上を述べていたが、自分の心臓の音で何を言っているのかはわからなかった。国王が立ち上がって儀礼用の剣を構えたので、俺は片膝立ちで頭を垂れる。それだけはウォーレンから教えてもらった。後は勝手に王が剣を俺の両肩に当てて、「辺境伯に任命する」と宣言。俺は晴れて魔境の辺境伯になれた。

「面倒なことだ。本当に……」

周囲の音は聞こえなかったが、宣言後に王がつぶやいた言葉は俺の耳に残った。

任命式が終わると、国王は大臣を残して貴族たちを部屋から追い出し、俺をじっと見た。

「普通を装っているが、筋力と魔力量がなぁ。負けた一族ほど生き残るというのは世の理《ことわり》か」

王はよくわからないことを言って、俺を手で呼んだ。言われるがまま近づいていく。

そのまま執務室のような部屋に連れていかれた。部屋にはエスティニア王国の領土が描かれた地図がある。西には王都、東にはイーストケニアが描かれ、魔境は灰色で塗り潰されている。その先には海と魔族の国が少しだけ描かれていた。チェルの出身地である。

「エスティニア王国は東西に長い。そなたの領地である魔境は、北にエルフの国、東の海を渡ると魔族の国、南には鳥人族の国と三ヶ国に隣接している地域だ。東の防衛の要ともなる」

王が地図を見ながら説明してくれた。南は砂漠までしか行ったことがないので、鳥人族の国に攻められている可能性もある。

「どうかしたか？」

「いや、南は砂漠までしか行ったことがなくて、もしかしたら鳥人族の国に攻められているかもしれないと思って」

「そうか。砂漠で何か見つけたか？」

「鎖に繋がれた空飛ぶ島ですかね。人が住んでいた跡があったんですが、誰もいませんでした」

「ほうっ！　伝説通りか。お主、魔境で何か見つけたか？」

「あ、雷紋が描かれたペンダントみたいな物は見つけました。遺跡の跡はわからないですね。北の方に地底湖があって、そこでも骸骨が同じペンダントを持っていました」

「持ってきたか？」

「いいえ、魔境に置いてきてしまいましたが……」

「そうか。それはこんな形のペンダントか？」

そう言って王が懐から雷紋が描かれたドーナツ状のペンダントを取り出した。

「あ、そうです！　たぶん同じものです」

「やはりそうか！」

「それは一体なんの模様なんですか？」

「古い王家の紋章とされてきたものだ。竜の血を引く一族のものとされている。我も竜の血を引いているらしい。だからか、我には人の能力が薄く見えてしまうようでな。お主を見て得心《とくしん》がいった」

「何か変ですかね？」

「ああ、変などというレベルではない。おそらくウォーレンが全力を出しても、片手で捻れるだろうな。ウォーレンには会ったのだろう？」

軍のトップを片手で捻るなんて恐ろしい真似はできないし、そんな冗談みたいな力は俺にはない。

「ええ、弟さんにも日頃お世話になっております」

「おおっ！　あの人付き合いの悪い小僧は辺境にいたか。あやつらの母親も分家ではあるが竜の血を引く一族の一人だ。歴史を見れば、数々の竜の血を引く一族が魔境に魅入られてきた。どの者も失敗に終わっているがな」

「そうなんですか？」

「ああ、あの魔境には竜の都・ミッドガードがあったと言われていてな。我が一族はずっとその失われた都を探しておるのよ」

ヘリーはミッドガードを魔法国の都市と言っていたが、竜の都だったのか。

「一族総出ですか。それは大変な事業ですね」

『巨大魔獣』が出ると遺跡発掘をやっていられなくなるから、難しそうだ。

「その竜の都はどのくらい前にあったんですか？」

「この九〇〇年ほどの間、どの一族もどの国も魔境を支配できた者はいない。おそらくその前だな」

ん？　あれ？　そうなの？　俺の疑問が顔に出ていたのか、国王が気づいてくれた。

「何か違和感でもあるか？」

「いや、そういえば、一〇〇年以上前にあったという魔族の国との戦争はどうやったのかと思って」

「それは尤《もっと》もだな。魔境を支配していないエスティニア王国と魔族の国がどうやって戦争をしたのか。王家の秘密にも触れないといけないが、もうそなたも辺境伯だ。身内だと思って語ろう」

「良いのですか？」

大臣が王に聞いていた。

「もういいだろう。この雷紋のペンダントも見つけておるようだし、いずれ知ることになる」

王家の秘密だって？　もしかしてバラしたら殺されるかもしれない。あんまり知りたくないな。

「そもそもエスティニア王国と魔族の国は戦争をしておらん」

「え!?　そうなんですか？」

「ああ、一〇〇年前、我の祖父の代にふらっと三人の冒険者が空から降ってきたそうだ」

「二人の従士を連れて、です」

大臣が補足してくれた。

「計五人の種族もバラバラの連中だ。その者たちは魔境を調査していると言った。さらに魔族が船で東の海から攻めてきたので、打ち砕いたという。つまり五人で魔族の軍団に勝ったと」

「五人で軍団に勝ったんですか？」

「お主らもイーストケニアの軍団を五人で勝ったのではないか？　ウォーレンが報告してきたぞ」

船を数隻落として追い返したのかな。ただ魔族の軍団は魔法を使うはずだ。とても俺たちには無理だと思う。しかも空を飛べるなんて。

「それから冒険者はエスティニア王国が勝ったと他国に知らせてほしいと言ってきた。他の周辺国が魔境調査の邪魔をしないようにと釘を刺されたらしい。祖父はその冒険者たちの強さを見て、ほとんど脅しに近かったと言っていたな」

「その冒険者の名前はわかりますか？」

「いや、名前は告げなかったそうだ。ただ、パーティーの名前は『P・J』だと言っていたらしい」

「あれはパーティーの名前だったのか？」

思わず声を出して驚いてしまった。

「知っているのか？」

「いえ、魔境で死んでいた者が持っていた手帳にも『P・J』と書かれていたんです。ただ、空島の墓地には『ピーター・ジェファーソン』と書かれていたので、ちょっと混乱していまして……」

「なるほど、リーダーの名前だったのかもしれんな」

だとしたら、もう一度空島に上って墓荒らしをした方がいいかな。

「それで、先々代の国王は魔族の国に勝ったと宣言したわけですか？」

「そうだ。もちろん、軍備を整えて影武者を東へ向かわせたりもしたらしい。その方が面倒だったと孫の我には言っていたな」

王は自分の祖父を思い出すように天井を見上げていた。

「まぁ、そういう事情で魔族の国と戦争をしていないことは王家の秘密とされてきた。長年、竜の血を引く一族が魔境に入っても失敗し続けていたのに、冒険者から魔境の調査団が出て我が一族よりもはるかに成果を挙げていることも衝撃で、祖父の代から、なるべく冒険者ギルドを支援することになった」

俺も一応、冒険者出身だ。ほとんど冒険はしてなかったけど。

「ただ、魔境を買ったという者はいなかったがな。『P・J』の一団以降、魔境調査は失敗に終わっている。そもそも『P・J』の一団も魔族の国との一件以来歴史上には登場していない。お主たちが久しぶりの調査団、というか魔境で初めての地主といったところか」

「そうみたいですね」

「期待している。ただし、不用意に人を連れていかない方がよいだろうな。こちらとしても魔境が発展し、竜の都を発見することは望んでいるが、冒険者や優秀な人材の大量死は避けたい。イーストケニアも崩壊しているしな。まったくあの吸血鬼の一族は何をしているのやら……」

「吸血鬼⁉ イーストケニアの領主は吸血鬼の一族なんですか？」

「ああ、知らなかったのか？ 血を吸うことで相手の能力を吸い取ることができる一族だ。その辺の冒険者には太刀打ちできる相手ではないのだが、エルフの国の侵攻と噛み合ったみたいだな」

シルビアの一族は結構すごい貴族だったらしい。

「伝えられることはこれで全て伝えたか？」

王が大臣に確認。大臣は頷いていた。

「辺境伯、お主から何か質問はあるか？」

「いえ、いろいろ情報が多すぎて、ちょっと混乱していますが……あ！ 時空魔法の魔法書ってありますか？ 『P・J』の手帳に、時空魔法は必須と書かれていたんですが」

「そんな物あるわけない。時魔法も空間魔法もとっくに失伝しているし、時空魔法という存在自体、我も初めて聞いたぞ」

「でも魔法陣はいくつか残っているみたいなんですけど、やっぱり自分で作るしかないですかね」

「お主、魔法を自分で作れるのか？」

「それしかないみたいですから。あ、すみません、頑張ります」

「うむ、竜の都の発見は我らの一族の悲願だ。健闘を祈る！」

王はそう言って俺を見送ってくれた。魔境生活に竜の都・ミッドガードを探すというミッションが追加されてしまった。魔境を探るのも大切だけど、魔境の外側も見た方がいいかもしれない。

「俺、貴族やってる場合なのかな」

とりあえず、俺は全てを忘れて娼館に行くことにした。その前に城でもらった支度金で、生活必需品を買っておく。魔境には女性が多いため、サーシャに女性用の生活用品を頼んだ。

「私でいいんですか？」

「サーシャ以外に王都で女性の知り合いがいないからね。これから秋や冬になると寒くなるだろ？　それに下着も消耗品だから多めに頼むよ」

「サイズは私のサイズでいいですか？」

サーシャは細身なので、もしかしたら合わないかもしれない。

「大きめもあった方がいいかもしれない」

「わかりました。魔境の領民募集と奴隷商はどうしますか？」

「行っておく。王都の町並みも散策したいし」

サーシャに金貨を五枚渡して別れ、俺はそのまま娼館街へと足を向けた。

娼館街は昼間でも明るく、真ん中に小さな噴水があって客引きのおばちゃんが井戸端会議をしていた。御者をしてくれた爺さんが勧めてくれた店はすぐに見つかったのだが、「ちょいと、お前さん！」とおばちゃんの中心にいた若い娘が声をかけてきた。

「その服、辺境伯だろ？　任命式の後すぐにここへ来たのかい？」

「バレたかぁ～。着替えた方が良かったかな？　モテると思ったんだけど……」

「やっぱりか！　いや、ここは別にどんななりをしていようが受け入れるさ。ただ、随分前に予約されている娼館があるはずだ。そっちに行ってもらえるかい？」

「予約なんてした覚えはないけどな」

「だろうね。だけど、こっちにはある。一〇〇年以上前にね」

「一〇〇年以上前に俺は生まれてもいないぜ」

「Ｐ・Ｊの予約と言えばわかるはずさ」

先代の魔境の管理人が娼館の予約をしたっていうのか。次の時代のために？

「そりゃ、気が利いてる。オススメの娼館はまた今度にするか」

「一番、奥の娼館だよ。私が案内してあげる。マキョーさん！」

娼館街にいる娘が俺の名前を知っているのか？

「俺のこと、詳しいのかい？」

おばちゃんたちと離れ、先へ行く娘に聞いてみた。

「そりゃあ、もう！　ご実家に行ったのも私ですから」

娘は笑って振り返った。

「ん？　つまり、ウォーレンの部下か!?」

「諜報部《ちょうほう》の者です。あなたの全てを調べましたよ。田舎町の娼館のお姉さんから冒険者仲間までね」

娼館の案内人ではなく軍人だったらしい。服装も振る舞いも完璧に周囲に馴染んでいる。

「とぼけていて気のいい人だと伺っていたのですがその通りですね！」

「いやはやお恥ずかしい」

「すでに貴族なんですから、町人に話しかけられても敬語ではない者に返さなくてもいいんですよ」

「ああ、そうか」

　諜報部の人に礼儀を教えられた。

「気がいいと思われたいのはわかりますが、そのままでは騙されてしまいます！」

「いや別に誰に何を思われても気にしないってだけだよ」

「貴族なんですから、政《まつりごと》次第で領地を奪還されることもあり得ますよ！」

「はい、すみません」

「そう、簡単に謝らない！」

「え～、そう言われても……」

「本当に魔境に住んでらっしゃるんですか？」

「そりゃあ、住んでますよ」

「我が家はこの人を待っていたと思うと……。ここです。ちょっと玄関でお待ちください」

　案内された娼館は一番大きくて飾りも豪華だった。金の魔石灯なんかも使っているくらい。看板には『金寿楼《きんじゅろう》』と書かれていた。

「お母さん！　奥の倉庫使うよ！」

「あら？　お客さんかい？」

「うん、辺境伯を連れてきた」

「噂の!?　まぁまぁまぁ、それはそれは、ああ！　貴方様《あなた》がP・Jの意志を継ぐ者ですね！　我が一族は一〇〇年も前からお待ちしておりました！」

「そうですか。あの、娘さんは諜報部にお勤めなんですか？」

「おかしいと思われるかもしれませんが、そうなんですよ！　立派な娼婦として育ててきたはずなんですけどね。どこで間違ったのか……」

女将《おかみ》さんは苦笑いをしながら、「どうぞ」と俺の靴を脱がせてくれた。土足禁止のようだ。

「辺境伯！　こちらです！」

「はいはい。今行きます」

諜報部の娘に言われ、奥へと向かった。『金寿楼』の倉庫には、お宝と思われるものが大量に保管されていた。背丈ほどもある壺や金色の鎧、槍や大剣などの他、宝石箱や酒樽まであった。娘はそれらの宝を縫うように進み、一番奥にある革袋を大事そうに手に取った。

「これが一〇〇年前にP・Jの従士という方が置いていった物です。お受け取りください」

「中身は何が入ってるの？」

「わかりません。私たちには開けることができませんでしたから」

よく見れば、革袋を縛っている紐に細かく模様がついている。もしかしたら、呪いか魔法がかけられているのかも。紐を解こうとしたが確かに取れそうにない。解呪の魔法か何かを習得する必要がありそうだ。しかも革袋にはまたあのドーナツ型の雷紋のマークが焼き付けられている。

「そうか。P・Jのね。了解。これは魔境の物です。ありがとう」

「これで、私の一族も一つ荷が下りました」

俺が革袋を懐にしまうのを見て、諜報部の娘は大きく息を吐いた。

「遊んでいかれますか？」

「ああ、うん。そうだね」

「私でもいいですし、母でもいいですが……？」

「いや、熟女趣味はないし、諜報部の人としても演技だと思っちゃうから、一番素直な娘がいいな」

性は共同作業なのでこちらだけが気持ち良くなっても満足できない。田舎の娼館に通い続けた俺の持論である。

「わかりました。お母さん！　辺境伯が遊んでいくって！」

「そうですか。ありがとうございます！」

小一時間ほど遊んで、『金寿楼』を出たのは昼過ぎだった。

できれば、このままお酒でも飲んで眠りたいところだが、冒険者ギルドと商人ギルドへと向かう。

各ギルドの掲示板に『来たれ！　魔境開拓者、募集!!』という張り紙を貼り、開拓し生き延びた者には金貨三枚という報酬もつけたが、受付にいたおっさんは難しい顔をしていた。

「明日の朝までに手続きしておきます」

一応、来た人には試験的なものをするつもりだが、果たして誰か来るかな。奴隷商にも何軒か寄ったが、栄養失調気味な奴か言うことを聞かなそうな奴、騙してきそうな奴くらいしかいなかった。

本屋にも行ったが、やはり時魔法や空間魔法の魔法書はない。後は自分の防寒着と下着、それから食料などを買い込み、兵舎へと戻った。王都にこんなに滞在するとは思っていなかったので、早めに帰らなければ。サーシャはちゃんと女性物の生活用品を揃え、兵士たちに「魔境へ行く者はいないか」と募集をかけてくれていた。

「あまり、反応は良くありません。死亡率が高いというのが広まってしまっているようです。厳しい場所というのは元々知られているんですが、ここまでいないとは私も思っていませんでした」

魔境に行くなんて、死ぬために行くようなものと思われているのか。

「辺境伯がグリーンタイガーを猫のようにあやしていたというのが意外に知られているらしくて」

「ああ、そうか。まぁ、でもそのくらいできないと魔境で生きていけないからなぁ」

「そこまで強い者となると、冒険者の中でも上位で、わざわざ魔境に行かなくても稼げるという者がほとんどです。何か特別な産業があれば別ですが……」

「そうだよねぇ」


そして翌日、案の定冒険者も商人も誰も来なかった。荷物の梱包も済んでおり、後は馬車に乗って帰るだけ。御者は行きと同じ爺さんが来てくれた。

「後は帰るだけなんだよね？」

「そうです。我々はしっかりと現地まで送っていきますので安心してください」

サーシャはそう言ってくれたが、正直一人で帰った方が早い。荷物も持てるだけ持とうと思えば、全部持てそうだ。娼館も行ってすっかり満足してしまっているし、できればこのまま走って魔境に帰りたいなぁ。

「どうかしましたか？」

「いや、走って帰っちゃダメ？」

「え？　ああ、行きと同じ徒歩でということですか？　別に馬車に乗らなくても構いませんよ」

「ん～、そうするとさ。一人で帰った方が早いと思うんだよ。道も覚えちゃったし」

「な!?　そ、そうですよね。あ、いや、でも荷物はどうしますか？」

「荷物も持てるような気がするんだけど……」

そう言って、馬車ごと持ち上げてみたが、そんなに重くはない。

「馬車を持って走られると、騒ぎになるかと思います。辺境伯は先に魔境に戻っていて構いませんから、我々が荷物を運ぶというのはいかがですか？」

「それでもいいかなぁ。後で訓練施設に取りに行けばいいもんね。じゃあ、そうしてくれる？」

「かしこまりました」

俺は自分の荷物と食料、娼館で受け取った革袋と土産を少し大きめのリュックに詰めて背負った。

「本当に軍に甘えっぱなしで申し訳ない。ウォーレン殿にはくれぐれもお礼を言っておいてね」

「こちらの方こそ力が及ばず、申し訳ありません」

「いやいや、ありがとう。いろいろと助かったよ。では」

もしかしたら、会えなくなるかもしれないので、御者の爺さんや護衛の兵士たちにお礼を言って、魔境に向けて走り始める。

王都を出るまでは、人通りもあるのでゆっくり走っていたが、森に入る頃には全速力だった。雨も降っていないし、走りやすい。関所も面が割れていて、すんなり通してくれた。

行きと同じようにいくつかの町を通り過ぎ、見つけた魔物と盗賊は、後続の馬車のために、できるだけ懲らしめながら進む。一泊だけ野宿をして、再び東へ向けて走り始める。途中の町で冒険者や行商人と共に立ち食いのホットドックを食べていたら、店主に「兄ちゃん、そんなに荷物を担いで、どこへ行くの？」と聞かれた。

「魔境です。東の」

「アッハッハ！　死ぬ気かい？　そういや辺境伯って貴族が生まれたっていうぜ。その辺境伯にお仕えするつもりか？　俺だったら、いくら積まれても嫌だけどね」

「俺がその辺境伯ですよ。美味かった。ごちそうさん」

唖然とする店主に挨拶し、俺は口を拭いて、再び魔境へ向かう。やはり、まずは評判をどうにかしないと魔境に人は来ないか。特産や名産は、今のところ杖くらいだけど、特産品となると……。

「やっぱり、遺跡を見つけないとなぁ」

夕方近くに訓練施設に辿り着き、隊長に報告。お土産を渡して、すぐに魔境へと走った。

魔境を出て一〇日ほど。見慣れた景色に帰ってきた。

「俺のいない間に誰か侵入してこなかったか？」

入口に棲むスライムたちに挨拶をして、身体の汗と泥を落とし我が家である洞窟に向かう。

「お、帰ってきたカ」

「マキョーさん！　ジェニファーは今か今かとお待ちしておりましたよ！」

「お土産が多そうだね」

「お、お、おかえりなさい」

洞窟の前では留守を預かってくれた女性陣が一〇日前と変わらぬ様子で迎えてくれた。

「ただいま」

BKブックス

魔境生活

～崖っぷち冒険者が引きこもるには広すぎる～

2021年5月20日　初版第一刷発行

著　者　花黒子《はなぼくろ》

イラストレーター　アリオ

発行人　今 晴美

発行所　株式会社ぶんか社

〒102-8405　東京都千代田区一番町29-6
TEL 03-3222-5150（編集部）
TEL 03-3222-5115（出版営業部）
www.bunkasha.co.jp

装　丁　AFTERGLOW

編　集　株式会社 パルプライド

印刷所　大日本印刷株式会社

ISBN978-4-8211-4590-4

Printed in Japan